SIGRID MAHLKNECHT EBNER
KATHARINA WEISS

Harte Jahre – starke Frauen

Südtirolerinnen erzählen

ATHESIA VERLAG

BIBLIOGRAFISCHE INFORMATION DER DEUTSCHEN NATIONALBIBLIOTHEK
Die Deutsche Nationalbibliothek verzeichnet diese Publikation in der Deutschen Nationalbibliografie; detaillierte bibliografische Daten sind im Internet abrufbar: http://dnb.d-nb.de

2017 · Dritte Auflage

Fotos: Südtiroler Landesarchiv – Bildarchiv Mario und Benjamin Geat
Design & Layout: Athesia-Tappeiner Verlag
Druck: Athesia Druck, Bozen

ISBN 978-88-6839-102-7

www.athesiabuch.it
buchverlag@athesia.it

designed + produced
IN SÜDTIROL

Inhaltsverzeichnis

Zu diesem Buch

Bereits vor vielen Jahren wollte die Autorin Sigrid Mahlknecht Ebner über Frauenschicksale in Südtirol schreiben. Doch von Anfang an hatte sie geplant, das Buch zu zweit zu verfassen, damit die Geschichten sich im Stil voneinander unterscheiden.

Vor einigen Jahren wurde das Projekt endlich konkret: Ihre Freundin Katharina Weiss war von der Idee, gemeinsam an diesem Buch zu schreiben, sofort begeistert. Auch geografisch leben die beiden Frauen in anderen Gebieten: Eine kommt aus dem Vinschgau, die andere wohnt im Überetsch. Deshalb war es naheliegend, Frauen aus den verschiedenen Landesteilen Südtirols zu interviewen.

So sind fünf völlig unterschiedliche Geschichten über fünf Südtirolerinnen entstanden. Es wurde versucht, die Sprache der Frauen möglichst weit zu erhalten, ohne im jeweiligen Dialekt zu schreiben. Jene Begriffe, die dennoch im Dialekt aufscheinen, sind im Glossar am Ende des Buches zu finden.

Der rote Faden, der sich durch das Buch zieht, ist die Stärke dieser weiblichen Hauptpersonen, und die Kraft, die sie trotz widriger Lebensumstände zeigten.

„Der General" erzählt die Geschichte einer Bäuerin aus dem Burggrafenamt, die die Hürden des Lebens mit Mut und Herz anzugehen wusste.

„Toia", eine Bäuerin aus dem Pustertal, ist bis heute von einem erstaunlichen Optimismus geprägt.

„Das blaue Kleid" berichtet über den Lebensweg einer Leifererin, die in jungen Jahren in die Provence nach Südfrankreich ausgewandert ist.

In „Von den Tschurtschen zu den Reben“ wird das Leben einer Frau aus Aldein, die von klein auf für fremde Menschen arbeiten musste, beschrieben.

Schließlich erinnert sich in „Die Füchsin“ eine Eisacktalerin an ihre härtesten Jahre.

Danksagung

Wir bedanken uns herzlich bei allen Frauen, die uns selber ihre Geschichten erzählt haben. Danke auch an Verena und Heidi, die uns bei der Suche nach Frauen, die bereit waren, über ihr Leben zu berichten, geholfen haben, sowie den Zeitzeugen Johanna, Ernst, Gertrud und Peter, die mit ihren Erinnerungen aus Kindertagen einen historischen Einblick in das Alltagsgeschehen der damaligen Zeit vermitteln konnten.
Danke an unsere Lektorin Elke Wasmund für die gute Zusammenarbeit.
Und nicht zuletzt ein herzliches Dankeschön an unsere Familien für ihr Verständnis und ihre Unterstützung.

Sigrid Mahlknecht Ebner und Katharina Weiss

Herbst 2015

Der General

Josefine M., Jahrgang 1894, Rabland – erzählt von der Tochter Johanna M.

Die alte Hebamme war erleichtert: „Freu dich Seffa, ein gesundes kleines Mädchen hast du bekommen. Die Haare sind ganz schwarz und die Augen hellblau und klar wie unser Zielbachwasser." Die Mutter drehte müde den Kopf zur Seite und blickte der Hebamme geradewegs ins Gesicht. „Die Augen, die sind so wichtig nicht. Und ob sie wirklich so gesund ist, wie du meinst, wird sich noch zeigen. Bei den anderen haben wir das am Anfang auch gedacht." Die Hebamme seufzte: „Ach Seffa, hör auf mit dem Gejammer, du weißt selbst ganz genau, es gibt viel Schlimmeres auf der Welt. Dies wird wohl deine letzte Geburt gewesen sein, sei froh, dass alles gut gegangen ist. Wie soll sie denn heißen, die Kleine?" „Johanna wird sie heißen, aber jetzt mach das Fenster auf, ich brauche frische Luft." Gewaschen und in ein feines, warmes Tuch gewickelt, legte mich die Hebamme an die Seite meiner Mutter; beruhigt durch ihren Duft schlief ich tief und fest.

Ich wurde am 6. Juni geboren, neun Tage vor dem traditionellen Almauftrieb an Sankt Veit. Meine Mutter, Joseffa, von allen nur Seffa und in den späteren Jahren die „Strassermutter" genannt, war bereits 43 Jahre alt, als ich 1937 als siebtes und letztes Kind auf dem Strasserhof in Rabland in der Nähe von Meran zur Welt kam. Die erste Hitze des Jahres drückte in das alte Gemäuer des Hofes und ließ ihre Beine anschwellen. Das Ziehen und Stechen verleideten ihr ganz die Freude am Lesen. Überhaupt war gerade in dieser Jahreszeit auf dem Hof besonders viel Arbeit. Die Tage waren lange hell, die Felder mussten bestellt werden. Im Kindbett zu liegen, dazu hatte die Mutter nun wirklich keine Zeit.

In Gedanken sehe ich sie immer noch, wie sie in der Küche regiert, die Töpfe auf dem Holzherd hin- und herschiebt, eine Prise Salz da, etwas Pfeffer dort, immer in Bewegung. Die lange Schürze, die Bänder vorne akkurat zu einer gleichmäßigen Schleife gebunden, wirbelte nur so herum. Darunter trug sie eine Bluse und einen langen Rock, der von der Brust bis ganz hinunter zu den Knöcheln reichte. Ihre Haare waren stets sauber und ordentlich zu einem Knoten streng nach hinten gekämmt. Sie war das, was die Männer als eine schöne Frau bezeichnen: Gertenschlank, mit ebenmäßigen Gesichtszügen, und sie konnte so zärtlich lächeln, dass den Menschen warm ums Herz wurde, selbst wenn sie es gar nicht wollten.

Schade nur, dass sie mit uns Kindern nicht allzu oft lächelte. Ihre aufrechte Haltung und ihr sicherer, fixierender Blick verrieten sogleich, dass diese Frau auch ganz hart sein konnte, wenn sie wollte. Sie war eine, die die Geschicke ihres Lebens selbst in die Hand nehmen und leiten wollte. Kurzum, meine Mutter war eine Frau der festen Regelmäßigkeiten, sauber und ordentlich, katholisch und gutherzig, eisern in ihren Prinzipien.

Meine Mutter Seffa erzählte:

Ich wurde 1894 geboren, meine Kinder- und Jugendzeit war geprägt von der Habsburger Monarchie und dem Glauben an die unumstößliche Macht des Kaisers in Wien. Mein Vater Heinrich, Bauer des Strasserhofes, hatte die Witwe des Gasthauses „Neuwirt", der nur wenige Meter entfernt auf der anderen Straßenseite stand, geheiratet. Ich, die Seffa, war die älteste von vier Schwestern; nach mir kamen die Franze, die Moidl und die Anna zur Welt. Auch hatte ich drei Brüder, doch alle drei starben, noch ehe ihr Leben richtig begonnen hatte.

Weil ich gerne in der Küche arbeitete, wurde ich nach Meran geschickt, um Köchin zu lernen und verbrachte mehrere Lehrjahre im „Bayrischen Hof" in Meran. Hier lernte ich exotische Gemüse- und Obstsorten kennen, roch Gewürze, die mir das Wasser in die Augen trieben, ich lernte backen und wusste bald mit Fleisch umzugehen. Vor allem aber wurde mir beigebracht, wie wichtig in der Küche Sauberkeit, Ordnung und Zeiteinteilung waren. Diese Arbeit gefiel mir, ich erkannte bald, dass ein gutes Essen bei den Menschen weit mehr ausrichten konnte, als viele Worte. Als einfaches Bauernmädchen vom Land war es eine Ehre, in einem so noblen Hotel lernen zu dürfen. In jeder freien Minute beobachtete ich die Gäste, war überwältigt von all dem Luxus, den prachtvollen Gewändern und Hüten der edlen Damen. Am meisten aber beeindruckten mich jene Besucher, die Bücher und Zeitungen lasen, denn auch ich liebte das Lesen.

So aufregend diese Zeit auch war, es war doch nicht wirklich meine Welt oder das, was ich mir von meinem Leben erwartete. Denn zu guter Letzt stand ich ja doch immer nur in der Küche beim heißen Herd, schwere Töpfe schleppend, und das schmutzige Geschirr erst – ganze Berge mussten mehrmals täglich gespült werden. Sollte so meine

Zukunft, mein Leben aussehen? Wo war der Talwind, der mir durch das Haar strich, die Sonne, die mich an der Nase kitzelte? In dieser stickigen Stadtküche fehlte mir immer öfters die Luft zum Atmen. Dies wohl auch, weil das Dienen eine Sache war, die nicht so recht zu meinem Charakter passte. Mein Entschluss stand fest: „Lieber habe ich eine kleine Gaststube und bin dafür aber mein eigener Herr, als eine große Köchin, doch versteckt in einer dampfenden Küche." Ich kehrte dem Meraner Nobelhotel den Rücken und übernahm Anfang der zwanziger Jahre die Gaststube und den kleinen angeschlossenen Laden meiner Mutter.

Mittlerweile hatte meine Schwester Anna das Gasthaus „Bad Egart" auf der Töll in Pacht genommen, die Moidl einen Bauern geheiratet und die Franze war mit einem Gerber aus Naturns beisammen. Letzterer war ein Mann mit großen Träumen, aber leider leeren Taschen. Er träumte davon, eine eigene, große Gerberei zu eröffnen. Die Franze redete mit unserem Vater, weil er Bürgen brauchte, um einen Kredit zu bekommen. „Ach Vater, es ist ja nur eine Unterschrift, mehr nicht." „Ja, Kind, nur eine Unterschrift."

Doch die großen Träume erwiesen sich schon bald als viel zu groß für die einfachen Hände des Gerbers. Kurzum, der Laden ging flöten, alles Geld war verloren und der Strasserhof über Nacht hoch verschuldet. „Vater, das wollte ich wirklich nicht." „Nein, das wollten wir wohl alle nicht." Der Vater war verzweifelt. „Wenn nicht ein Wunder geschieht, ist der Hof verloren", seufzte er, die Franze weinte nur noch. Allein schon der Gedanke, wegen eines Dazugeheirateten die eigene *Hoamet* zu verlieren, ärgerte mich. Das wollten und konnten meine Geschwister und ich nicht zulassen.

Nachdem wir alle möglichen Schritte zur Rettung des Hofes durchdacht hatten und keine sinnvolle Lösung des Problems gefunden werden konnte, blieb nur noch ein letzter Ausweg. Die komplette Umverteilung und neue Aufteilung unseres gesamten Hab und Guts.

Die Anna gab das Gasthaus Bad Egart auf und übernahm nun den Neuwirtshof mit der Gaststube. Der Franze musste auch geholfen werden, sie war ja nun mittellos. Sie durfte bei der Moidl auf dem Bauernhof wohnen und konnte unseren Laden übernehmen. Somit war gesichert, dass sie und die Kinder wenigstens etwas zu essen hatten. Jahre später entschied ihr Mann, der den Beruf des Gerbers nun endgültig an den Nagel gehängt hatte, ganz fort zu ziehen. Mittlerweile war er zur Überzeugung gelangt, dass das Glück in der Ferne leichter zu finden war als im kleinen Rabland. Sie packten ihr spärliches Hab und Gut und zogen fort nach St. Pölten in der Nähe von Wien.

Ich hingegen verabschiedete mich von der Gaststube im Neuwirtshof und zog am 4. Februar 1925 in den Strasserhof ein. Aus der Köchin wurde wieder eine Bäuerin. Ich war jetzt 30 Jahre alt, seit fünf Jahren schon mit dem Rudl verheiratet, hatte zwei Buben, den Rudl und den Heiner, und war wieder guter Hoffnung.

Mein Mann, der Rudl, war von seiner Herkunft her kein Bauer, sondern einer der zwei Buben der Krämerfamilie in Partschins. Als Kind hatte die enge Freundschaft zu seinem Spielgefährten, einem jungen Baron, unverhofft dazu geführt, dass er, obgleich er nicht aus einem adeligen Geschlecht entstammte, in Meran zur Schule durfte. Der kleine Baron brüllte und schrie, dass er erst dann die Schule in der Stadt besuchen würde, wenn sein Freund, der Rudl, auch mitkommen könnte. Schließlich gaben die Eltern nach. Von nun an wurden die zwei Buben jeden Morgen vom Fuhrmann mit der Kutsche nach Meran zum Studieren gefahren und am Nachmittag wieder abgeholt.

Nach der Schulzeit arbeitete er mit seinen beiden Geschwistern, dem Luis und der Serafine, im Geschäft der Eltern. In seiner freien Zeit spielte er bei der Musikkapelle. Doch bevor er wirklich entscheiden konnte, was aus seinem weiteren Leben werden sollte, wurde kurzerhand über ihn entschieden.

1914 begann der Krieg und über Nacht wurde aus dem Rudl der Soldat Rudolf, der fortan nicht mehr bei der Partschinser Musik, sondern in der Militärkapelle des Regiments der Kaiserjäger mitzuspielen hatte und für Gott und Vaterland den „Russ“ besiegen sollte. Das Musizieren im Heer wäre an und für sich gar nicht so schlecht gewesen, wenn er nicht ausgerechnet die Tuba gespielt hätte. Mit grüner Tarnfarbe bestrichen, musste das schwere Instrument immer und überall mitgetragen werden. Vorwärts ging es, hinein in das Herz des russischen Zarenreiches, doch zurück ging es nicht mehr. Er wurde gefangen genommen und kam mit anderen Südtirolern als Zwangsarbeiter in ein Kohlebergwerk. Hier spielte eine ganz andere Musik. Die harte Arbeit und das armselige Essen zehrten die Männer aus. Wenn sie überleben wollten, mussten sie fliehen. Zu dritt schafften sie die Flucht und traten den langen Weg nach Hause an. Geholfen haben den ausgehungerten Männern bei ihrem langen Weg in die Freiheit nur die Frauen. Ach, Natascha. Wenn er nur irgendwie gekonnt hätte, er wäre für immer bei ihr geblieben. Doch als entflohener Sträfling war dies unmöglich.

1920, nach zwei Jahren Fußmarsch, kehrte er mit seinen zwei Freunden in Lumpen gekleidet, ohne Orden und Verdienstkreuz, wieder in die Heimat zurück. Den Kaiser und das Habsburger Reich gab es nicht mehr, die neuen Herren im Land waren jetzt die Italiener. Da half es wohl wenig, dass der Rudl mittlerweile recht passabel russisch sprechen konnte, ab sofort musste italienisch geredet werden. Ich habe in meinem ganzen Leben nicht italienisch gelernt. Wozu auch, wenn ich etwas von den oberen Herren brauchte, dann habe ich schon einen gefunden, der mir übersetzt hat, was ich zu sagen hatte.

Jedenfalls war die Zeit auch in Partschins nicht stehen geblieben. Den Krämerladen hatten mittlerweile die Geschwister vom Rudl übernommen. Aus diesem Grund war er froh, als er erfuhr, dass für die Sennerei in Rabland ein Verwalter gesucht wurde und begann alsbald mit der Arbeit. Nachdem das Dorf kaum mehr als zehn Bauernhöfe zählte und jeder alles von jedem wusste, haben wir uns den Neuen aus Partschins freilich gleich am ersten Tag anschauen müssen. Später erzählte er mir, dass ihm meine Art schon gleich aufgefallen sei, er aber noch etwas nachdenken wollte. Noch etwas nachdenken? Das hatte ich schon für ihn mit erledigt, denn bereits in der ersten Nacht habe ich gründlich alle Für und Wider durchgespielt.

Der Weltkrieg hatte Generationen junger Männer einfach niedergemäht. Ich sah, wie viele Frauen, die in der Zwischenzeit ums Überleben der Kinder und Alten gekämpft und sehnsüchtig auf die Hilfe der Heimkehrer gehofft hatten, bitter enttäuscht worden waren. Viele Kriegsveteranen, die oft erst Jahre nach dem Kriegsende zurück kamen, waren verkrüppelt oder verrückt, im schlimmsten Fall sogar beides.

Ich überlegte: „Der Rudl ist körperlich und, wie es scheint, auch geistig gesund vom Krieg heimgekommen. Er ist Mitte zwanzig, im besten Mannesalter also, groß, blond und mit seinen blauen Augen auch hübsch anzusehen. Er hat eine feine, ruhige Art, und wenn er spricht, dann so leise, dass man ihn kaum hört. Er ist gebildet und liest gern."

Bei mir hingegen fiel die Bilanz weit weniger schmeichelhaft aus. Ich muss zugeben, ich war mit meinen 26 Jahren schon recht alt, um noch als gute Partie für die Ehe durchzugehen. Eine Schar von jüngeren, bescheidenen, fleißigen, vor allem aber heiratswilligen Mädchen gab es in jedem Dorf, ja sogar auf jedem Hof. Der Rudl war zweifelsohne ein ausgesprochener Glücksfall für mich, und die Frage war folglich gar nicht, ob überhaupt, sondern nur wie?

Die hohe Kunst des Kochens sollte mir dabei zu Hilfe kommen. „Du Rudl, heute Mittag, da lad ich dich zu mir in die Gaststube ein. Auf der Speisenkarte stehen *Kiachln*." Da lachte er und meinte: „Ja, wenn du mich schon einlädst, dann muss ich wohl kommen. Ich hab schon gehört, die Seffa, die kann richtig gut kochen. Schauen wir, ob es stimmt." Da konnte ich nur schmunzeln, denn ich wusste ganz genau, dass allein schon der Geruch des Bratfetts von den *Kiachln* die Leute wie magisch in meine Gaststube zog. Diese magere Gestalt vor mir, die in den letzten Jahren mit Sicherheit viel Hunger hatte leiden müssen, sie würde bestimmt keine Ausnahme sein. Aber das war nicht das Einzige, was ich vorbereitete. Als er kam, wurde so richtig aufgetischt: Frittatensuppe, Kraut mit Geselchtem, Knödel, Schnitzel und zum Schluss die *Kiachl*, gefüllt mit süßer Marmelade und bestreut mit feinem Zucker. Dazu gab es einen Krug guten Rotwein. Es war wie ein Hochzeitsmahl. Der Rudl rieb sich den vollen Bauch, lächelte zufrieden und ich wusste, ich hatte gewonnen. Auf diese Köstlichkeiten wollte er fortan nicht mehr verzichten und auf die Köchin derselben auch nicht. Im Eiltempo haben wir noch im Jahr 1920 geheiratet und der Rudl zog bei mir im Neuwirt ein.

1921 kam der erste Bub, der Rudl zur Welt, ein Jahr später bereits der Heiner, dann kamen noch die Berta, der Luis, der leider nach wenigen Tagen verstarb, die Greti, die Anna und nach einer längeren Pause als letztes Kind die Johanna.

„Berta, jetzt bist du schon dreizehn und alt genug, auf das Hannele zu schauen. Je früher du das lernst, desto besser", bestimmte ich. Als Bäuerin ohne Bauer hatte ich nur wenig Zeit für die Kinder. Zudem war ich überzeugt, dass die Berta diese Aufgabe nicht im Geringsten als Last sah, denn sie mochte unsere Kleinste. Ich beobachtete, wie sie ihre Aufgabe sehr ernst nahm, das Mädchen umsorgte und behütete. Manchmal hatte ich sogar das Gefühl, dass das Hannele in der Berta mehr eine Mutter sah als in mir, denn sie hing an ihr und folgte ihr auf Schritt und Tritt. Wenn ich hingegen zu ihr hinging, dann versteckte sie sich hinter meiner Ältesten, gerade so als ob sie Angst vor mir hätte. Aber die Berta war es, die für sie strickte und ihr Kleider nähte, um die sie alle Bauernmädchen des Dorfes beneideten, nicht ich. Später lehrte sie ihrer kleinen Schwester das Nähen, Sticken, Stricken, eben alles, was ein Mädchen im Haushalt wissen sollte. „Das Hannele wird viel zu viel verwöhnt", sagte ich eines Abends zum Rudl. Doch der lachte nur und meinte: „Ach lass sie. Es ist doch schön, zu sehen, wenn sich die beiden Schwestern mögen."

Meine beiden Söhne, der Rudl und der Heiner, und auch die Greti waren anders als andere Kinder. Sie sprachen nur wenig und wenn, dann so still und mit schwerer Zunge, dass es kaum zu verstehen war. Die Anna, meine Schwester, warf mir immer vor, dass ich schuld daran sei. Ich hätte es versäumt, die Buben von einem Arzt richtig behandeln zu lassen, als sie Mittelohrentzündung hatten. Dabei habe ich das gemacht, was man bei solchen Dingen eben gemacht hat, nämlich warmes Öl in die Ohren zu gießen. Noch immer klingt mir ihre vorwurfsvolle Stimme im Ohr, als sie mich angiftete: „Der kleine Rudl, erinnerst du dich? Ohrenweh hat er gehabt. Ganze vier Tage lang hat er geweint, und als er mit dem Weinen aufhörte, da hat er nichts mehr gehört. Für alles, was in diesem Dorf geschieht, interessierst du dich, rennst jeden Tag in die Kirche und sitzt mit dem Pfarrer beisammen, aber die eigenen Kinder, für die fehlt dir immer die Zeit, die sind dir ganz gleich." Diese dumme Kuh, meine Kinder konnten reden, aber halt nur ganz still und nicht so recht deutlich, was hätte man da schon tun sollen. Und überhaupt, was der Herrgott geschaffen, muss man annehmen, wie es ist. Für den Hof jedenfalls war es das Wichtigste, dass die Kinder arbeiten konnten. Das war auch ohne Worte möglich.

Wenn überhaupt, so konnte dieser Makel nur von der Seite vom Rudl stammen, denn auch er sprach nur sehr leise. Er mischte sich in diese Dinge sowieso nicht ein. Für ihn war jedes Kind gottgewollt, und er liebte es, wie es war. In der russischen Kriegsgefangenschaft hatte er gelernt, sich wortlos mittels Handbewegungen zu verständigen. Dies tat er stets auch mit unseren Buben. Ja, es schien ihm geradezu das Natürlichste auf der Welt zu sein. Er mochte es einfach, in Stille beisammen zu sitzen; ich wusste auch warum, denn in seinem Kopf war nie Ruhe. Da spielte unaufhörlich immer ein und dieselbe Melodie: die des Radetzkymarsches. Wir konnten es alle hören. Jedes Mal wenn er in der Stube saß, trommelte er die Takte des Marsches mit seinen Fingern auf die Schenkel. Tatatam, tatatam, tatatatatam.

Wir waren zwei grundverschiedene Menschen. Er, der Schweigsame, Ruhige, ich die Lebhafte, die Schafferin. Meine Art war ihm zu schnell, innerhalb von Sekunden konnte ich aufbrausen, mich dann aber wieder beruhigen, Entscheidungen treffen und diese durchsetzen. Umgekehrt machte er mich verrückt in seiner langsamen Art. Er musste für meinen Geschmack einfach immer viel zu lange nachdenken, um zum Punkt zu kommen. Eine Leidenschaft aber schmiedete uns immer wieder aufs Neue zusammen – das Lesen. Wir lasen alles, was es an Lesbarem gab. Jeden Tag wurde die Tageszeitung „Dolomiten" gekauft, einmal in der Woche kam der „Volksbote" hinzu. Die Zeitungen hatten ihren fixen Platz in der Küche, und es war ganz selbstverständlich, dass täglich der Pfarrer und der Doktor, oft aber auch andere Leute aus dem Dorf kamen, nur um die Zeitung anzuschauen und den einen oder anderen Artikel zu lesen. Meist blieben sie gleich zum Mittagessen auf dem Hof. Das gefiel mir. Ich hatte zwar kein Gasthaus mehr, umso mehr erfüllte mich mit Stolz, dass der Strasserhof den Ruf hatte, ein Ort zu sein, wo die Tür für jeden Hilfesuchenden und Hungrigen offenstand.

Wir gingen immer früh zu Bett und lasen bis spät in die Nacht. Am Morgen wurde geschlafen, bis die Glocken der kleinen Jakobskirche von nebenan läuteten. Dann musste es schnell gehen. Ruck zuck sprangen wir aus dem Bett, hinein in das Gewand, das ich am Vorabend schon hergerichtet hatte, die Haare nach hinten zum *Gungl* gekämmt und hinunter zur Messe. Die Kinder machten es uns nach und blieben ebenfalls so lange als möglich im Bett. Meine Schwester Anna hatte gar kein Verständnis für solche morgendlichen Gemütlichkeiten und tuschelte säuerlich: „Beim Strasser, ja da geht's in der Früh gemütlich zu, da braucht vor acht Uhr keiner zu läuten, da sind alle noch in den Federn.“ Dies stimmte so nicht ganz. Unser Fütterer hatte schon längst alle Tiere versorgt und unsere zwei Mägde bereits das Frühstück vorbereitet. Der Tag war schließlich noch lang genug zum Arbeiten. Nach dem Frühstück teilte ich für alle die Arbeit ein. Dabei wurden keine Ausnahmen gemacht. Jeder musste mitarbeiten. In den Sommermonaten kamen die Kinder vom Tschögglberg als weitere Arbeitskräfte hinzu und arbeiteten auf den Feldern und im Stall mit. Auf dem Hochplateau entlang des Etschtales waren die Bauern so arm, dass nicht genug Brot für die vielen Kinder da war. So wurden die Kinder auf verschiedenste Höfe im Umland aufgeteilt. Zu essen gab es beim Strasser immer reichlich, doch erst kam die Arbeit, dann der volle Teller.

Meinen Mann kümmerte die Arbeit auf dem Hof wenig, denn er arbeitete mittlerweile wieder im Laden in Partschins. Als wir 1925 den Strasserhof übernahmen, musste der Stadel renoviert werden. Nachdem ich im „Bayrischen Hof“ die Annehmlichkeiten einer Toilette kennengelernt hatte, packte ich die Gelegenheit beim Schopf, und wir ließen eine Toilette mit Spülung und dazu sogar ein Bad einbauen. Das war eine richtige Sensation. Da der Hof jedoch hoch verschuldet war, mussten wir uns das Geld für den

Umbau leihen. Rudls Bruder, der Luis, lieh uns etwas vom Krämerladen. Als dieser zehn Jahre später schwer bekümmert starb, wurden die Geschäftsbücher kontrolliert und wir stellten erstaunt fest, dass das Bankkonto komplett leer, der Vorratskeller hingegen bis zur Decke voll mit Kartons gestapelt war, die nur eines enthielten, nämlich bunte kleine Bonbons. Was war geschehen? Rudls Schwester, die Serafine, erzählte nach einigem Zögern, dass der Luis bei diesem jungen, netten italienischen Vertreter für Süßigkeiten immer etwas bestellt habe. Danach seien sie in den Keller gegangen und erst nach längerer Zeit wieder zurückgekommen. „Was soll ich sagen", meinte sie, „mir ist halt aufgefallen, je älter der Luis wurde, desto öfter kamen Männer in den Laden und konnten einkaufen, was sie wollten, ohne zu bezahlen. Manchmal, da hat er ihnen sogar Geld aus der Tageskassa gegeben. Ich habe mir schon meine Gedanken dabei gemacht und deshalb alles immer gleich beim Pfarrer gebeichtet. Der Herrgott wird's schon richten."

Die Serafine wollte und konnte das Geschäft nicht alleine weiterführen. So blieb dem Rudl nichts anderes übrig, als den Laden zu übernehmen, und diesmal war es der Strasserhof, der die Schulden bezahlte. Mein Mann ging nun jeden späten Morgen schnellen Schrittes von Rabland nach Partschins und kam am Abend sichtlich langsam und gemächlich wieder zum Strasserhof zurück. Das ärgerte mich. „Rudl, warum kommst du schon wieder so spät nach Hause, du weißt doch genau, ich will, dass am Abend alle auf dem Hof sind", schimpfte ich. Er aber drehte sich zu den Buben, dem Heiner und dem Rudl um und gab ihnen mit Handzeichen zu verstehen: *„Sie isch und bleib holt a General."* Alle drei lachten und nickten. Dann setzte er sich nieder, las wie üblich die Zeitung und trommelte mit den Fingern seinen Radetzkymarsch auf den Tisch.

Außerhalb des Dorfes lagen nach Westen hin unsere Korn- und Gemüsefelder. Angebaut wurden Sellerie, Lauch, mehrere Kohlsorten, Salat, Zucchini, Tomaten, *Rohnen*, verschiedenste Kräuter, kurzum alles, was am Hof an Lebensmitteln gebraucht wurde. Um in dieser feuchten Talsohle Gemüse anbauen zu können, mussten immer wieder nach einer bestimmten Anzahl von Zeilen tiefere Gräben gegraben werden, in denen sich das Grundwasser sammeln konnte. Diese führten in den noch tiefer liegenden Bach, den Gießen, der schlussendlich in die Etsch mündete. Der Vorteil dieser Lage war, dass man das ganze Jahr über keine Bewässerung brauchte. Zwiebeln und Kartoffeln konnten hier nicht angebaut werden, sie wuchsen auf einem anderen Acker an den trockenen Hängen des Sonnenberges. Wenn ich nicht in der Küche arbeitete, so war ich mit meinen Kindern auf den Feldern, kontrollierte, ob alles in Ordnung war, gab weitere Anweisungen und arbeitete mit. Für die Arbeit auf dem Feld hatte ich zwei Haflinger gekauft, den Fritz und die Liesl. Sie zogen den Pflug oder anderes Gerät und waren unsere Lieblinge im Stall. Von all unseren Tieren, den Kühen, Schweinen, Schafen, Hennen, ja sogar den Katzen, bekamen sie am meisten Zuwendung. Auf dem Hof lief alles gut, wir hatten wohl wenig Geld, aber dafür immer genug zu essen auf dem Tisch. Dies war nicht selbstverständlich, denn die Zeiten waren schlecht.

Vom italienischen Faschismus hat unser Dorf wenig gespürt. Die paar Höfe waren zu klein und unwichtig, um politisch ins Gewicht zu fallen. Dennoch gab es in dieser Zeit jede Menge arme Leute, deren ständiger Begleiter der Hunger war. Die italienischen Familien, die angesiedelt worden waren, machten keine Ausnahme, auch sie mussten schauen, wie sie über die Runden kamen. Ich hingegen hatte den Stall voller Tiere, die Ernte lief gut, etwaige Engpässe konnten durch die Einnahmen des Krämerladens ausgeglichen werden. „Der Hunger ist der schlechteste Ratgeber für die Leute", seufzte der Pfarrer eines Tages: „Wenn sie gar nichts mehr haben, verlieren sie langsam auch den Glauben an das Gute in der Welt und an unsere Heilige Kirche." Ich wollte helfen, aber wie? Dann kam mir eine Idee: „Weißt du was, die Ärmsten sollen einmal in der Woche auf dem Hof ein warmes Essen bekommen."

So wurde der Freitag der Tag der *Lotterer*. Jedem, der an diesem Tag kam, stand die Tür des Hofes offen, und er erhielt ein Mittagessen. Im Gang stand ein breiter langer Tisch, an dem normalerweise die Knechte und Mägde saßen. Hier wurde nun für die *Lotterer* aufgetischt. Manchmal kamen nur fünf Leute, manchmal waren es aber auch über fünfzehn. Ich kochte immer etwas Deftiges mit viel Schmalz, damit die Leute auch richtig satt wurden. Was übrig blieb, wurde aufgeteilt. Da ließen sich die *Lotterer* nicht lange bitten und hielten ihre Schüsseln bereitwillig hin.

Ich bemerkte bald, dass nur die Bettler auf den Hof kamen, andere Dorfleute, bei denen ich genau wusste, dass sie zu Hause nichts zu beißen hatten, die schämten sich, ihre Armut so offen zu zeigen. „Wenn sie nicht zu mir kommen können, dann werde ich eben zu ihnen kommen", ging es mir durch den Kopf und ich beschloss, von Zeit zu Zeit ein Schaf zu schlachten und an diese Leute zu verteilen.

„Seffa, du weißt, das ist verboten; wenn dich einer anzeigt, was dann?“, mahnte mich der Rudl. So ein Angsthase aber auch. „Freilich weiß ich das, aber die Tiere gehören uns und nicht dem Beamten. Ein Schaf mehr oder weniger, das fällt im Stall gar nicht auf. Du glaubst doch wohl nicht wirklich, dass einer zum Fleisch nein sagt und mich anzeigt?“ Wie so oft schüttelte er nur den Kopf und versank in seinen Radetzkymarsch. In handliche Portionen geschnitten, wurde das Fleisch in Milchkannen gesteckt und konnte als Milch getarnt unbehelligt in jedes Haus gebracht und verteilt werden. Peter, der Sohn vom Nachbarshof, erledigte diese Aufgabe für mich. Bei der Übergabe brauchte er nur folgende Wörter zu sagen: „Grüße von der Frau Seffa“ oder „saluti della signora Seffa.“ Selbstverständlich bekamen auch die Italiener ein schönes Stück Fleisch. Und so stellte sich ein, was der Pfarrer und ich geplant und erhofft hatten: Geheimnisse machten die Leute zu Verbündeten. Die Strasserbäuerin war eine gute Frau, sie half jedem, der Hilfe brauchte, egal ob deutsch oder italienisch. Wen interessierte es da schon, was die ganzen Kinder immer in der Stube beim Strasserhof machten. Dass mein Hof voller deutscher Bücher war, die zufällig in der Stube lagen, wusste jeder, so wie jeder wusste, dass dies im faschistischen Italien eigentlich strengstens verboten war.

Dann brach der Zweite Weltkrieg aus, und auch wenn Hitler den Südtirolern keine Hoffnungen machte, so betete ich jeden Tag darum, dass das Land wieder unter deutsche Herrschaft kommen würde. Im September 1943 sollte sich diese Hoffnung erfüllen. Am 8. September schloss Italien mit den Alliierten den Waffenstillstand. Hitler musste dies geahnt haben, denn die Panzer standen schon einsatzbereit auf österreichischer Seite und besetzten umgehend den größten Teil Italiens bis nach Neapel. Wir gehörten nun zur „Operationszone Alpenvorland". Es begann eine neue Zeit, die nicht nur Gutes mit sich brachte.

Die erste Veränderung ärgerte mich gleich richtig. Meine geliebte Tageszeitung „Dolomiten" blieb aus, denn man hatte die Redaktion geschlossen. Stattdessen erschien nun das „Bozner Tagblatt." Die „Dolomiten" erschien erst wieder nach dem Krieg. Positiv hingegen war, dass der Rudl im Dezember zum kommissarischen Bürgermeister eingesetzt wurde. Jetzt hatte ich sogar einen Bürgermeister auf meinem Hof; das gefiel mir.

Alle jungen Burschen wurden einberufen. Meine Söhne nicht, da sie wenig hörten und so undeutlich sprachen. Sie und die Greti sollten zu einem späteren Zeitpunkt außerhalb des Landes in einer Heil- und Pflegeanstalt untergebracht werden, um die Sprache besser lernen zu können. Ich freute mich einerseits für sie, andererseits aber brauchte ich die Kinder dringend auf dem Hof. Bis zum Kriegsende allerdings kam niemand mehr, um sie zu holen.

Nie hätte ich mir damals vorstellen können, dass diese Fahrt für meine drei Kinder den sicheren Tod bedeutet hätte. Als ich Jahre später hörte, dass so viele Behinderte nie mehr nach Hause gekommen sind, und die Zerstörung ihres unwerten Lebens von Anfang an geplant war, lief es mir eiskalt den Rücken herunter.

Als 1944 der Peter, der seit seiner Geburt nur auf einem Auge sah, auch noch zur Flak einberufen werden sollte, musste ich handeln. Die Moidl, meine Freundin, sollte auch mitkommen. Gemeinsam zogen wir unsere Sonntagstracht an und fuhren mit der Kutsche hinunter nach Meran zum zuständigen Beamten. Der staunte nicht schlecht, als er uns kommen sah. Wir redeten auf ihn ein, erklärten, dass wir den Peter im Dorf dringend bräuchten, gerade jetzt, wo keine jungen, starken Männer mehr da wären. „Wer soll die Wöchnerinnen ins Spital bringen, wer soll uns im Stall und auf den Feldern helfen? Wir Frauen sind zu schwach, dies alles alleine zu tun." Schließlich gab der Mann auf und sicherte uns zu, dass der Peter nicht einrücken müsse. „Eine Frage habe ich aber doch noch", meinte er zum Schluss. „Wieso kommen eigentlich Sie zu mir, wo doch Ihr Mann der Bürgermeister ist?" Die Moidl schaute mich kurz an und wir mussten beide lachen: „Ja, aber der Peter, der muss doch uns helfen und nicht dem Bürgermeister. Der Bürgermeister muss sich um ganz andere Dinge kümmern." Mein Rudl, so gut er auch war, ich glaube, er hätte sich in dieser Sache nicht durchgesetzt.

Unter der deutschen Herrschaft wurden die Lebensmittelkontrollen noch mehr verschärft. Alles musste genau notiert werden und wurde ständig kontrolliert. Dass die Leute Hunger litten, war egal. „Im Krieg muss jeder Opfer bringen", hieß es nur. Von wegen, dachte ich mir. Wir hatten den Stall voller Kühe und Schafe. Ich beschloss, den Peter wieder mit den Milchkannen loszuschicken. „Wenn die Italiener auf den Trick reingefallen sind, so werden es die Deutschen wohl auch", dachte ich mir. Diesmal wurden gleich fünf Schafe geschlachtet. „Grüße von der Frau Seffa – saluti della signora Seffa."

Der Rudl als Bürgermeister und meine ganze Familie durften natürlich nichts davon wissen. Genau das wäre mir jedoch fast zum Verhängnis geworden. Meinen Buben, dem Rudl und dem Heiner fiel sofort auf, dass Schafe fehlten und sie erzählten ganz aufgeregt in der Gastwirtschaft, jemand hätte mehrere Schafe aus dem Stall gestohlen. Sofort wurde eine Untersuchung eingeleitet und der ganze Strasserhof auf den Kopf gestellt. Nichts, die Tiere waren einfach verschwunden. Dann wurden die Dorfleute befragt, ob sie etwas Verdächtiges gesehen hätten. Die Befragungen verliefen im Sand, niemand konnte sich an ein entlaufenes Schaf oder dergleichen erinnern. Wohl aber war ihnen noch der Geschmack eines Stückchens Fleisch in Erinnerung. Die Milchkannen ihrerseits standen längst schon wieder sauber geputzt in Reih und Glied an ihrem Platz. Den Rudl hatte ich natürlich nicht täuschen können. Er war am Verzweifeln mit mir: „Seffa, du wirst uns alle noch um Kopf und Kragen bringen. Was du tust, ist zu gefährlich, das geht zu weit.“ Ich muss zugeben, ein wenig mulmig zumute war mir schon bei der ganzen Sache, aber bis zum Schluss ging es ja noch einmal gut aus.

Nun, wo der Rudl Bürgermeister war, musste er auch erreichbar sein und so wurde auf unserem Hof das erste Telefon im Dorf installiert. Gleich hinter der Eingangstür im Gang hing nun der große Apparat. „Da könnt ihr mit einer anderen Person, die weit weg ist, reden“, wurde uns erklärt. Wir staunten und warteten, was geschehen würde. Und plötzlich läutete es. Der laute, schrille Ton ließ mich zusammenfahren. Überhaupt, ich war ja gar nicht vorbereitet. „Jesus Maria und Josef, dieses *Graffl*“, rief ich durch den Gang, „jetzt läutet es, und ich hab noch die schmutzige Schürze an“; dabei strich ich nervös über meine Schürze, so als wollte ich sie noch etwas glatt bügeln. Der Rudl und die Kinder mussten lachen. „Aber Seffa, brauchst doch nur den Hörer zu nehmen und hineinzusprechen. Der andere hört dich ja nur, sehen kann er dich nicht“, neckte er mich und meinte, „aber vielleicht gibt es ja auch einmal ein Telefon, bei dem man sogar den sieht, mit dem man redet, wer weiß?“ „Du Depp du, so etwas wird es im Leben nie geben“, gab ich erbost zurück. Ich ließ mich von meinem eigenen Mann doch nicht für dumm verkaufen.

Der Krieg war nun vorbei, Südtirol gehörte wieder zu Italien, doch noch waren amerikanische Soldaten im Dorf stationiert. Viele deutsche Soldaten versuchten, das Land über die Berge zu verlassen; ohne Führung war dies nicht möglich. Nachdem ich nie einen Hehl daraus gemacht hatte, eine überzeugte Deutsche zu sein, klopfte es alsbald auch an die Tür des Strasserhofes. Was sollte mit den Männern geschehen? Sie wieder fortzuschicken, brachte ich nicht über mein Herz, denn die Wahrscheinlichkeit, dass sie von den Amerikanern gefasst und verhaftet wurden, war groß. Sie hatten ihr Ziel doch schon fast erreicht. Es fehlte nur noch dieser letzte Weg über die Berge. „Eine Bedingung habe ich. Auf meinem Hof gibt es keine Waffen!“, stellte ich klar. Sie kamen meist am Freitag mit den „Lotterern“ ins Haus und blieben. Wenn das Wetter passte, ging es noch in derselben Nacht weiter über die Grenze. Jahre später kamen die Männer mit ihren Familien über den Reschenpass ganz legal als Touristen ins Dorf zurück, um mich zu besuchen. Dabei erzählte mir einer, dass er trotz meines Verbots einen Revolver dabei hatte, weil er der ganzen Sache nicht traute. Im Notfall hätte er seinen Führer auf dem Berg erschossen und versucht, allein weiter zu kommen.

1946 im Spätsommer wurde ich um Hilfe gebeten. Der Zenz, unser Alpmeister, hatte auf der Alm heimlich Milch,

Butter und Käse an die Bauern verteilt. Zu viel offensichtlich, denn er wurde umgehend angezeigt. Auch wenn der Mann nun ein anderer war, den Weg zum Büro kannte ich ja mittlerweile schon. „Warum sollte der Alpmeister nicht an die eigenen Bauern etwas Milch und Käse geben dürfen? Die Kühe gehören ja schließlich auch den Bauern. Und wirklich viel war es ja nicht. Die Lebensmittel gingen nur an die Eigentümer, das kann doch so falsch nicht sein." Ich hatte mir mehrere Punkte bereits zurechtgelegt und versuchte, dem Beamten glaubhaft zu erklären, dass der Zenz nicht Unrechtes getan habe. Als ich schon fast keine Hoffnung mehr hatte, gab der Mann nach.

Langsam wurde es wieder ruhig, und das Leben ging seinen normalen Lauf. Die Felder mussten bestellt werden, die Arbeit ging weiter. Meine Jüngste war nun schon zehn Jahre alt. Manchmal ließ ich sie mit dem Fritz und der Liesl hinaus auf den Acker fahren. Voller Stolz saß sie auf dem Bock des Wagens und hielt mit ernster Miene die Zügel in der Hand, während die gutmütigen Tiere gemächlich ihren Weg gingen. Dreimal die Woche aber hatten wir eine ganz besondere Aufgabe. Da ging es zum Markt nach Meran. Wir hatten einen Marktstand auf dem Kornplatz, auf dem wir unsere Waren verkaufen konnten. Der Rudl nahm Milch, Butter und Käse von der Sennerei mit, ich das Gemüse und Obst vom Hof. Je nach Saison verkauften wir Kartoffeln, Zwiebeln, Kräuter, Gurken, Tomaten, Zucchini, aber auch Äpfel.

Die Küchenmädchen, die zu mir kamen, bekamen von mir neben dem Obst und dem Gemüse jedes Mal Anleitungen, mit welchen Kräutern das Gericht verfeinert werden könne oder wie verschiedenste Arten von Obstkuchen gebacken werden konnten. So wanderten bis zur Mittagszeit meist alle Waren über den Stand, wurde über Rezepte geredet und gleichzeitig erfuhren wir auch, welcher politische Wind dem Land entgegen blies.

Das Hannele durfte manchmal auch mit, denn sie musste darauf achten, dass es dem Fritz und der Liesl an nichts fehlte. Die Straße hatte sauber zu sein. Jedes Mal, wenn die Pferde etwas fallen ließen, blieben wir stehen; die Johanna nahm den kleinen Besen und die Schaufel, die im Wagen lagen, kehrte die Pferdeäpfel ein und warf sie in einen Sack. Sie war eines der wenigen Kinder im Dorf, die in ihrem Alter nicht nur einmal, sondern sogar schon mehrmals in der Stadt waren, und wusste, im Dorf immer allerhand Geschichten zu erzählen. Das war für das Kind natürlich etwas ganz Besonderes.

Am frühen Nachmittag fuhren wir wieder nach Hause. Meistens war der Wagen dann leer. Nicht immer sind wir direkt heimgefahren. Manchmal besuchte der Rudl noch Bekannte, ich hingegen schlenderte durch die Lauben und kaufte Dinge für den Hof oder die Küche ein. Die Unsicherheit in dieser Zeit aber führte mich öfters auch direkt zum Schmuckladen. Das Leben hatte uns gezeigt, dass nur eine einzige Unterschrift genügte, um all seinen Grund und Boden verlieren zu können. Ich hatte erlebt, wie Geld von einem Tag auf den anderen nichts mehr wert war. Um in diesen unsicheren Zeiten wirklich ein Gefühl von Sicherheit zu haben, beschlossen der Rudl und ich, mit unseren Einnahmen immer wieder etwas Schmuck zu kaufen. Dieser würde den Wert nicht verlieren, und sollte man wirklich einmal fort müssen vom Hof, so wäre Schmuck am leichtesten zu tragen und am einfachsten zu tauschen. Später habe ich den Schmuck an meine Töchter verteilt.

Die Zeit änderte sich nun schnell. Innerhalb von wenigen Jahren waren die Pferdewagen von der Straße verschwunden. Wer es sich leisten konnte, fuhr mit dem Auto, die anderen mit einem Motorrad. Wir hatten jede Woche Besuch aus der Stadt. Meine Küche war bekannt, und mit dem Auto waren die sieben Kilometer von Meran nach Rabland kein großes Hindernis mehr. Ich war richtig stolz darauf, viele Meraner Geschäftsleute zu meinen Freunden zählen zu dürfen und tischte auf, was der Hof zu bieten hatte. Sie nahmen ihrerseits Geschenke wie zum Beispiel ein Paar Gummistiefel mit. Das war schon etwas ganz Besonderes. Weil es so lustig und nett war, kam die Gruppe nun fix einmal pro Woche.

Anfangs setzte sich der Rudl auch zu seinen Bekannten in die Stube, doch nach einiger Zeit hatte er genug von der Gesellschaft. „Einmal im Monat, ja, aber du kannst doch nicht den ganzen Keller leer kochen, nur wegen dieser Leute. Mittlerweile kommen sie zwei, dreimal in der Woche, und du kochst immer auf wie bei einer Hochzeit. Wir, deine eigenen Leute, arbeiten den ganzen Tag, springen nach deinem Kommando und bekommen nur mehr die Brennsuppe auf den Tisch. Hör auf mit diesen Leuten." Er hatte ja recht, aber dies war gar nicht so einfach. Ich, die Strasserbäuerin hätte nie zugeben können, dass mir die Meraner Geschäftsleute bereits den halben Keller leer gefressen hatten, und ich sie trotzdem weiter fleißig bediente.

Dann machten sie einen großen Fehler und die Sache konnte ganz einfach und schnell erledigt werden: Einmal war zufällig die Schiebeluke, die von der Küche in die Stube ging, einen Spalt offen, und ich hörte, wie die feine Gesellschaft über mich und meine Kleider, diese langen Kittel, lästerte. Als sie dann noch meine Kinder nachäfften, hatte ich genug. Ganz ruhig ging ich in die Stube und sagte sachlich: „Raus mit euch, ich will euch nie wieder sehen auf meinem Hof!“ „Aber Seffele, so haben wir es doch gar nicht gemeint“, versuchten sie zu retten, was nicht mehr zu retten war. Doch ich blieb hart und war froh, dass im Hof endlich wieder Ruhe einkehrte. Der Rudl und alle anderen übrigens auch.

„Jetzt sind wir schon über sechzig Jahre alt, wie schnell doch die Zeit vergeht, was Seffa?“ Da hatte der Rudl wohl recht. Die stürmischen Jahre waren vorbei. Meine Füße wurden immer schwerer, einer tat oft überhaupt nicht mehr, wie ich wollte, sodass ich ihn manchmal nachziehen musste. Manchmal war ich gezwungen, tagelang im Bett zu liegen, weil ich vor Schmerzen nicht mehr laufen konnte. Meine älteste Tochter hatte den Hof übernommen, meine beiden Buben und die Greti heirateten nicht und blieben bei ihr. Die Anna erhielt den Laden in Partschins und auch das Hannele heiratete. Dass sie keine Bäuerin werden wollte, wusste ich. Als sie mir jedoch im Feld Rüben ansetzen sollte und aus Trotz alle Pflänzchen mit den Blättern nach unten und den Wurzeln nach oben setzte, da war meine Geduld zu Ende. Ich schickte sie noch am selben Tag zum Rudl nach Partschins. Sollte er sich um seinen Liebling kümmern. Sie lernte Verkäuferin und war mit dieser Arbeit weit mehr zufrieden als mit jener auf dem Hof. Meine Reviere waren immer noch die Küche und der Acker. Der alte Pfarrer starb und der neue verbrachte seine Zeit lieber im Widum. Mit dem Tourismus kam der Wohlstand; die Armut verschwand zusehends. Mich brauchte es nicht mehr. Das tat weh. Der Rudl half immer noch im Laden mit.

Wir waren nun schon fünfzig Jahre verheiratet. Die goldene Hochzeit sollte in der Kirche gefeiert werden. Bereits Wochen vorher freute ich mich darauf wie ein kleines Kind. Ich war überzeugt, dass der Pfarrer erzählen würde, was der Rudl und ich in den vergangenen fünfzig Jahren alles für das Dorf geleistet hatten. Der Tag rückte näher, diesmal mussten die weißen Haare ganz genau sitzen. Ich trug die Sonntagstracht und hatte entschieden, die hellblaue Schürze mit dem passenden Tuch dazu zu tragen. Gespannt saßen wir auf der Bank und warteten. Doch der junge Pfarrer las nur unsere Namen von seinem Zettel und sagte kein einziges persönliches Wort über uns. Was für eine Enttäuschung. Das Ständchen der Musikkapelle, die vor der Kirche spielte, konnte mich nicht mehr freuen; ich ließ es einfach über mich ergehen, genauso die Leute, die uns freudig die Hände schüttelten. Ein Leben lang war ich jeden Tag in der Kirche, hab jeden Tag zum Herrgott gebetet, vielen Menschen geholfen und dann so etwas. Auf dem Hof weinte ich bittere Tränen. Der Rudl sah mich liebevoll an: „So ist das Leben; was früher war, ist vergessen und vorbei. Wir sind alt geworden. Jetzt sind die Jungen dran zu zeigen, was sie können."

Epilog

1971 Die letzten Monate ihres Lebens musste meine Mutter im Bett verbringen, doch sogar von hier aus gab sie noch Anweisungen, was auf dem Hof gerade zu tun oder zu unterlassen sei. Als sie spürte, dass es zu Ende ging, rief sie zu meinem Mann: „Jetzt ist es bald aus mit mir, hol mir schnell den Rudl." Er lief hinunter in die Küche. „Vater, kommt schnell, die Mutter, sie glaubt, sie stirbt." Doch der Rudl saß da und bewegte sich nicht. „Ich bin ein Leben lang gelaufen, da wird sie mit dem Sterben schon noch ein bisschen warten können." Dieses eine Mal sollte er recht behalten. Sie starb wenige Tage später. Mein Vater saß an ihrem Bett, in der Linken hielt er ihre Hand, mit der Rechten aber trommelte er den Radetzkymarsch auf seinen Schenkel. Taratam tamtam.

K. W.

Toia

Viktoria H., Jahrgang 1926, St. Lorenzen

Schön sieht sie aus, wie sie da sitzt. Leuchtend blaue Augen, schneeweißes Haar, feine und doch markante Gesichtszüge. Und eine Haut wie eine um zwanzig Jahre Jüngere. „Ich bin auch heute noch schön", antwortet sie verschmitzt lachend auf die Feststellung, wie gut sie in ihrem Alter noch aussieht. „Viele Männer haben mich gewollt, doch ich habe sie nie beachtet. Ich wollte immer nur den einen, den Hansl." Sie blickt gedankenvoll in die Ferne, niemand weiß, woran sie jetzt denkt, an ihren Mann, die Anfänge ihrer großen Liebe, an ihre vierzehn Kinder, die sie mit ihm gehabt hat.

Das Altersheim in Bruneck ist hell und geräumig. Zwischendurch spazieren Bekannte von ihr an uns vorbei, über jeden weiß sie etwas zu erzählen. Sie berichtet, wer gerade in ihrem Heimatdorf verstorben ist und wer mit wem verheiratet ist. Ihr Blick ist wach, das Gedächtnis noch so gut wie früher. Sie freut sich, aus ihrer Vergangenheit zu berichten.

Dann beginnt sie zu erzählen, aus einem langen und intensiven Leben – ein Leben voller Mühen, Härte, aber auch Liebe und Mut.

Geboren bin ich in Abtei im Gadertal. Bis ich sieben Jahre alt war, habe ich dort gelebt. Meine Mutter stammte von dort. Ich kann bis heute gut Ladinisch sprechen. Ein Mann, der mit mir hier im Altersheim wohnt, ist Ladiner. Ich bin die Einzige hier im Haus, die sich mit ihm in seiner Muttersprache unterhalten kann; darüber freut er sich sehr. Auch für mich ist es eine schöne Erinnerung an meine ersten Lebensjahre.

In meiner ganzen Schulzeit habe ich nur Italienisch gelernt. Ich bin in die Schule gegangen, bis ich zwölf Jahre alt war, dann war Schluss. So gerne wäre ich Lehrerin oder Krankenschwester geworden, aber das war leider nicht möglich. Wir hatten ja kein Geld, wie die meisten Leute damals. „Toia", hat mein Vater gesagt, „das musst du dir aus dem Kopf schlagen. Ein Beruf für ein Mädchen, das ist zu teuer, das geht nicht. Du musst arbeiten gehen, wir haben kein Geld für deine Ausbildung."

Gehungert haben wir nie, aber arm sind wir gewesen und haben uns nichts leisten können. Zum Essen gab es meistens das Gleiche: Mus, das wir alle aus derselben Pfanne aßen, Milchreis, *Plente* oder *Friggilansuppe*. Manchmal *Tirschtlen mit Tschotte* und Spinat oder mit Kraut – wenn man ein paar Erdäpfel darunter gibt, werden sie weniger sauer.

Das erste Schuljahr habe ich in Abtei verbracht; im Jahr darauf sind wir umgezogen. Wir wohnten von nun an auf dem Winklerhof in Maria Saalen, einer Fraktion von St. Lorenzen im Pustertal.

Der Schulwechsel war für mich nicht problematisch, ich hatte meine ältere Schwester Herma dabei und wie in Abtei wurde hier in Maria Saalen fast ausschließlich Italienisch gesprochen. Nur die Religionsstunden durften auf Deutsch abgehalten werden. Der Schulweg war weit – wir sind vom Winklerhof nach Maria Saalen zu Fuß gegangen; dort gab es zu meiner Zeit noch eine eigene Volksschule mit verschiedenen Jahrgängen in einer Klasse. Täglich musste die Schülermesse vor Beginn der Schule besucht werden, die ungefähr eine halbe Stunde lang dauerte. Im Winter mussten wir aufbrechen, wenn es noch dunkel war, und oft kamen wir erst heim, als es schon wieder dunkel war.

Wir hatten eine nette Lehrerin in der Schule. Sie hat auf uns geschaut und uns gemocht. Der Friedl, der unten im Dorf von einer Familie aufgenommen worden ist, auf den hat sie besonders geschaut. *„Povero bambino, non ha una mamma"*, hat sie oft zu uns gesagt, wenn der Friedl wieder einmal im Stallgewand in die Schule gekommen ist. Wir durften ihn nie verspotten, es war ausdrücklich verboten. Er stand als Waisenkind unter dem besonderen Schutz unserer *Maestra*. Friedl war ein Jahr älter als ich. Er und seine Geschwister waren nach dem Tod der Mutter auf verschiedene Familien im Dorf verteilt worden. Sogar, dass er von mir abschrieb, wurde von der Lehrerin wohlwollend geduldet: *„Povero bambino."* Anfangs wollte ich nicht, dass er ständig in mein Heft schaute, doch nach diesen Worten war ich damit einverstanden. Ich wollte nicht mit der netten Frau streiten.

Ansonsten war er eigentlich schlau, der Friedl. Da wir weit oben am Berg wohnten, durften wir jeden Tag bei seiner Pflegemutter im Dorf zu Mittag essen, weil sie eine Freundin von meiner Mutter war. Sie kam ebenfalls aus dem Ladinischen. Die Schule fand, wie damals allgemein üblich, vormittags und nachmittags statt. Um das Essen abzuarbeiten, mussten meine Schwester Herma und ich täglich etwas dafür tun: Herma, die bereits mit zehn, elf Jahren gut flicken und nähen konnte, wurde für diese Arbeiten eingesetzt. In der Mittagspause hat sie bei der Wäsche mitgeholfen. Ich aber musste Holz tragen, jeden Tag, das war eine anstrengende Arbeit. Manchmal bekam ich etwas zusätzlich zum Essen dafür, doch das wollte der Friedl für sich haben, weil er mir beim Holztragen half. Ich habe ihm gerne etwas abgegeben, weil das Holz ungeheuer schwer war, zu schwer für mich mit meinen acht, neun Jahren. Die Buben, meine vier Brüder, waren kleiner als wir Mädchen, die mussten in dieser Zeit noch nicht viel mithelfen.

Ich wurde mitten in den Faschismus hineingeboren und auf den Namen Viktoria getauft. Als mich meine Eltern anmelden wollten, wurde ihnen jedoch untersagt, mich in der deutschen Form eintragen zu lassen – dies musste in der italienischen Form „Vittoria" geschehen. Damals waren bekanntlich alle deutschen Namen verboten, sogar auf den Friedhöfen. Genannt wurde ich mein Leben lang von allen kurz Toia. Mir gefällt mein Name, ich mochte ihn schon immer.

Schon in der frühen Kindheit habe ich das Beten gelernt. Wir haben jeden Abend alle zusammen den Rosenkranz gebetet, das war allgemein üblich. Alle knieten wir auf dem Boden und haben auf einer Bank die Hände gefaltet. Nur mein Vater nicht, da er seit einem Kriegsunfall ein krummes Bein hatte und nicht mehr knien konnte.

Seit ich denken kann, habe ich daheim im Haus und auf dem Hof geholfen. Als zweites von sechs Kindern meiner Eltern war ich eine der Großen, und Arbeit hat noch keinem geschadet, davon gingen damals alle aus. Schon mit vier, fünf Jahren haben wir beim Abspülen und Abtrocknen geholfen und die kleineren Kinder gehütet. Auch im Stall waren wir eifrig mit dabei.

Die Jahre waren hart und anstrengend, Zeit zum Spielen hatten wir kaum. Ein besonderes Ereignis war der Tag meiner Erstkommunion. Die fand an einem Gründonnerstag statt. Wir Erstkommunionskinder wurden nach der heiligen Messe vom Wirt des einzigen Gasthauses eingeladen. Jedes von uns bekam eine Brezel. Das habe ich bis heute nicht vergessen, dermaßen köstlich war dieses Gebäck. Ich habe noch ein Foto von mir, das mich in meinem wunderschönen weißen Kleid zeigt, zusammen mit meiner *Gotl*, die das Foto und das Kleid bezahlt hatte. Ich trug unter dem Kleid eine elegante weiße Spitzenunterhose, die etwas zu lang geraten war. Deshalb schaute sie unter dem Kleid hervor; das sieht man heute noch auf dem Foto. Ich fühlte mich trotzdem wunderschön an diesem Tag. Ich war ziemlich aufgeregt und fühlte mich wie eine Prinzessin. Normalerweise trug ich einfache Kleidung, ein gewöhnliches Dirndlkleid und darüber einen *Jangger*. Weiße Kleidung gab es nicht, da sie sofort schmutzig geworden wäre. Und nun, so ein schönes Kleid.

Wir mussten nie Hunger leiden, da wir ebene Felder mit Korn besaßen. Aber es gab nichts im Überfluss für uns; Geld war nie vorhanden. Mein Vater war Kriegsinvalide, er war als Soldat im Ersten Weltkrieg verwundet worden. Umso mehr mussten die Mutter und wir älteren Kinder arbeiten. Krank war ich eigentlich überhaupt nie. Nur ab und zu hatten wir im Winter Husten. Da mussten wir hinüber zum Trog gehen und eiskaltes Wasser trinken, darauf verging der Husten wieder. Ich habe das später bei meinen Kindern auf dieselbe Weise gehandhabt; auch sie waren fast nie krank.

Auf Weihnachten haben wir uns besonders gefreut, auch wenn wir kaum Geschenke bekamen. Manchmal gab es gestrickte Socken oder eine Schürze. Aber einen Gugelhupf hat meine Mutter gebacken und köstliche *Pappilan*.

Außerdem wurde ein Schwein geschlachtet; wir haben gute Knödelwürste bekommen. Und der Kirchgang zur Mette war etwas Beeindruckendes für uns: Dunkel war es, stockdunkel, und wir Kinder sind mit den Erwachsenen hinuntergegangen; mit den Laternen war das feierlich.

Die andere Abwechslung unterm Jahr war der Gang zum Heiligen *Freinademetz*. Einmal im Jahr ist meine Mutter mit mir nach Hause zu ihren Eltern gewandert, einmal der Vater mit meiner Schwester Herma. Die anderen blieben daheim und achteten auf das Haus und die kleinen Brüder. Der Weg war weit und beschwerlich. Natürlich sind wir zu Fuß gegangen, das Postauto wäre für uns zu teuer gewesen. Ganz hinunter ins Tal mussten wir gehen und auf der anderen Seite wieder hinauf. In der Früh sind wir losgegangen, angekommen sind wir erst am Abend. Wir durften bei meinen Großeltern schlafen, zusammen in einer winzigen Kammer. Mein Großvater arbeitete als Schnitzer im Grödnertal. Wir brachten ihnen jedes Jahr Säcke mit Korn, soviel wir eben tragen konnten. Und am nächsten Tag sind wir zum Heiligen *Freinademetz* hochgegangen und haben dort die heilige Messe besucht. Das war eine große Aufregung für mich, weil ich sonst nie irgendwo anders hingekommen bin.

Einmal hat sich meine Firmpatin dermaßen darüber gefreut, dass ich zum Heiligen beten gegangen bin, dass sie mir einen Muttergottesanhänger geschenkt hat. Den habe ich mein Leben lang in Ehren gehalten, bis ich ihn vor ein paar Jahren einer meiner Enkelinnen geschenkt habe. Die Firmpatin war eine reiche Frau, die ein Gasthaus im Ladinischen hatte; da hat sie gutes Geld verdient. Außer dem Anhänger habe ich nie etwas von ihr bekommen, das war bei uns nicht üblich.

Meine Großeltern kamen uns ein- oder zweimal im Jahr auf dem Winklerhof besuchen. Im Winter benutzte mein Großvater für diesen langen Weg den Schlitten. Er hat dann bei uns übernachtet und ist am nächsten Tag wieder nach Hause gefahren – mit einem Sack Gerste auf dem Schlitten. Bei ihm herrschte noch größere Not als bei uns.

Als ich noch eine *Schulgitsche* war, habe ich meinen zukünftigen Mann kennengelernt. Wir hatten bei meinem Heimathaus kein Wasser, deshalb musste ich es täglich beim *Brünnl* holen. Da ist er oft vorbeigefahren mit einem Fuhrwerk, an das hinten Holzstämme oder andere Lasten gehängt waren. Als er uns sah, rief er stets: „Wenn ich euch erwische, ziehe ich euch an den Ohren." Deshalb habe ich lange Jahre Angst vor ihm gehabt, auch meine jüngeren Brüder haben ihn gefürchtet. Ich habe versucht, ihm nicht zu begegnen. Wahr gemacht hat er seine Drohung zwar nie, aber ich mochte ihn nicht besonders. Er war dreizehn Jahre älter; ich war noch ein Kind und er schon ein Mann.

So vergingen die Jahre, ich wurde älter und meine Zöpfe wurden immer länger. Einmal im Monat haben wir Mädchen die Haare in einer großen Schüssel gewaschen, das war eine mords Prozedur. Die Zöpfe wurden aufgeflochten, die Haare hingen uns fast bis zum Hinterteil hinunter. Kernseife haben wir benutzt, die gelbe, die es heute noch gibt; damit wurden die Haare durchgeschrubbt, zuletzt mit Essig *geschwänzt.* Und anschließend haben wir uns auf die Ofenbank gesetzt, damit die Haare wieder trocknen konnten. Leichter haben es die Buben gehabt, denen wurden ihre Haare vom Vater mit einem Pitscher geschoren. Das war ein mechanischer Apparat mit kleinen Messerchen.

Als meine Schulzeit schließlich zu Ende war, trug ich keine Zopffrisur mehr, sondern einen *Boarischen*; die Haare wurden dafür hochgesteckt. Das war bereits eine Erwachsenenfrisur. Zum Friseur bin ich mein ganzes Leben lang nie gegangen.

Im Alter von vierzehn Jahren passierte für mich das schlimmste und einschneidendste Ereignis meiner Kindheit. Meine Mutter war damals noch jung, erst knapp vierzig Jahre alt. Sie hatte auf dem Feld gearbeitet, als sie sich beim Kornschneiden einen *Kornschiefer* von einer harten Ähre in die Hand einzog, also eine Gräte vom Korn. Anfangs geschah nichts, doch bald entzündete sich die Wunde dermaßen stark, dass die Mutter ins Krankenhaus nach Bruneck gebracht werden musste.

Es gab ja fast keine Medizin bei uns, wir befanden uns mitten im Krieg, heute wäre das nur eine Kleinigkeit. Aber damals leider nicht: Meine Mutter verstarb in der Nacht in Bruneck, ganz alleine, ohne jemanden von uns. Das war für uns tragisch; von einem zum anderen Tag waren wir ohne Vorwarnung Halbwaisen. Ich konnte mir ein Leben ohne meine heitere, arbeitsame Mutter kaum vorstellen. Mein jüngster Bruder war erst sechs Jahre alt.

Ich war tieftraurig, tagelang weinte ich mich in den Schlaf. Tagsüber musste ich stark sein und mit den Großen die kleinen Brüder besänftigen, die sich noch gar nicht ausmalen konnten, was jetzt eigentlich passiert war. Ich musste sie trösten und hätte doch selber Trost gebraucht. Ich weinte nur heimlich, nie hätte ich mich getraut, meine Trauer zur Schau zu stellen. Ich wusste, dass die anderen mich brauchten; da blieb keine Zeit für mich selber. Und dann war da die Angst: Was würde nun aus uns Kindern werden ohne Mutter? Würde es uns nun ergehen wie dem Friedl? Würde vielleicht auch der Vater sterben, und ich ganz alleine sein?

Zum Glück war mein Vater der beste Mensch, den man sich vorstellen konnte. „Toia, meine *Gitsche*, wir müssen jetzt stark sein", sagte er zu mir. Er hat uns am Anfang im Haushalt geholfen, bis Herma und ich, sechzehn und vierzehn Jahre alt, den Haushalt und die Erziehung der vier jüngeren Brüder übernommen haben. Wir wurden die zweiten Mamas unserer Brüder. Der Vater war immerzu geduldig und nett; da hat der Herrgott schon gut heruntergeschaut zu uns. Aber die Mutter fehlte doch überall, es war eine unbeschreiblich traurige Zeit.

Inzwischen war ich älter geworden. Ich war, glaube ich sagen zu können, ein schönes Mädchen, denn einige junge Männer haben mich gewollt. Ich war ebenso wie meine Schwester dazu noch fleißig und arbeitsam; da war es klar, dass öfters Anwärter für mich oder Herma zu uns kamen.

Mit sechzehn Jahren kam ich erstmals in den Dienst zu fremden Leuten. Bis dahin hatte mich mein Vater daheim gebraucht, wegen der kleinen Brüder. Später wechselten Herma und ich uns ab – manchmal ging sie arbeiten und ich half daheim, andere Jahre war es umgekehrt. Herma hatte nähen gelernt und konnte damit sogar etwas Geld verdienen und heimbringen; ich arbeitete nur für Kost und Unterkunft. Mein Vater hatte auf diese Weise ein Kind weniger zu ernähren. Das funktionierte gut, schade nur, dass Herma und ich uns nur noch selten sehen konnten. Ich empfand es eigentlich nicht als schlimm, arbeiten zu gehen, weil es damals ganz normal war. Viele Kinder mussten schon mit zehn, elf Jahren bei fremden Bauern aushelfen, da eine große Armut bei uns im Lande herrschte.

Ich hatte Glück und kam zu einer Familie, die mich nicht schlecht behandelte. Der Bauer war aber überaus geizig, was sogar seine Frau zu spüren bekam. Wenn sie einkaufen gehen wollte, gab er ihr fast kein Geld. Ich bekam sowieso nichts. Ich hatte zwar von frühmorgens bis abends zu tun, aber das war ich ja von klein auf schon gewohnt. In der Familie gab es zahlreiche kleine Kinder, die ich hüten musste. Ansonsten half ich im Stall, auf dem Feld und natürlich vor allem in Küche und Haushalt. Der Hof lag auf 1400 Meter Meereshöhe an der Gadertaler Straße. Man musste eine unwegsame Straße hinaufgehen, die über den Gadertaler Bach führte. Eine wackelige Brücke ohne Geländer führte von der einen zur anderen Seite.

Hier lernte ich etwas Neues, das ich später noch oft gebrauchen konnte. Die Bäuerin war gerade schwanger und sollte bald entbinden. Doch irgendetwas funktionierte nicht richtig; ich kann heute nicht genau sagen, was es war. Aus diesem Grund wurde ich ins Tal geschickt, um dringend den Doktor zu rufen. Ich sollte laufen und nicht stehen bleiben, wurde mir gesagt. Ich tat, wie mir geheißen und begab mich im Laufschritt ins Dorf hinunter, einige Kilometer weit. Ich rannte und rannte, weil ich wusste, dass sich die Bauersleute auf mich verließen. Unten lief ich so schnell, wie ich nur konnte zum Doktorhaus und klopfte laut an die Tür. Es war schon fast dunkel, die Frau des Doktors öffnete mir unwillig, doch als sie meinen Gesichtsausdruck sah, rief sie schnell nach ihrem Mann. Ich berichtete ihm, dass es ganz eilig sei, und dass es ein Problem mit der schwangeren Bäuerin geben würde.

Der Doktor verstand sofort und griff nach seiner großen Tasche. Schnell zog er sich die festen Schuhe an und eilte vor mir den Berg hinauf. Damals war ich noch nicht einmal aufgeklärt worden. Ich war überzeugt davon, dass sich in der großen Tasche das *Poppile* für die Bäuerin befinden würde. Noch nie hatte jemand mit mir über diese Themen gesprochen, denn meine Mutter war gestorben, als ich vierzehn war.

Und siehe da, bald, nachdem wir im Bauernhaus angekommen waren und der Doktor zur Bäuerin gegangen war, hörte man schon ein Baby schreien. Einige Wochen später erzählte ich einer älteren Verwandten von dieser Begebenheit, vom *Poppile* in der Doktortasche. Sie unternahm es sogleich, mir schnellstmöglich zu erklären, wie das wirklich passiert war. Niemand hatte vorher daran gedacht gehabt, und nun war es höchste Zeit. Von anderen Mädchen habe ich später oft gehört, dass es schwierig war, sich vor dem Bauer oder den Knechten in Acht zu nehmen. Die jungen *Dirnen* auf den Höfen wurde oft als Freiwild für alle betrachtet. Manch ein Mädchen kam schwanger nach Hause – ohne Geld und ohne Zukunft. Deshalb war es gut, dass endlich jemand offen mit mir geredet hatte.

Leider war die Arbeit des Doktors umsonst gewesen. Das Kind überlebte nicht. Alle waren tieftraurig darüber. Aber ich erhielt den Auftrag, der Bäuerin in den nächsten Wochen Spritzen zu geben, damit der Arzt nicht zu oft den weiten Weg heraufgehen musste. Anfangs hatte ich Angst davor; ich war nicht sicher, ob ich das überhaupt konnte. „Na, na, Toia, *des konnsche schunn*“, ermunterte mich der Doktor und bald beherrschte ich diese Kunst ebenso gut wie eine Krankenschwester. Auch dieser Beruf hätte mir gut gefallen, doch leider fehlte dafür bei uns daheim das Geld.

Bald hatte sich auf den Höfen herumgesprochen, dass ich Spritzen machen konnte und nicht ungeschickt im Umgang mit Kranken war. Deshalb wurde ich in den nächsten Jahren immer öfter zu den verschiedenen Nachbarn gerufen, um auszuhelfen. Und da der Doktor wusste, dass ich das gerne tat, war er froh darüber, weil er nicht mehr so weit herumwandern musste. Geld bekam ich keines für diese Arbeit, die Leute hatten alle fast nichts. Aber ein herzliches Dankeschön und manchmal ein Ei oder sogar ein Stück Speck.

Der Krieg machte auch vor unserem kleinen Dorf nicht Halt. Schließlich kam der Tag, an dem mein späterer Mann Hansl einrücken musste. Vor seiner Abreise hatte er meinen Vater gebeten, mich für ihn aufzubehalten. Mein Vater war nicht abgeneigt und sagte ihm zu. Das war nicht immer so gewesen: Einen meiner vorherigen Bewerber hatte er auf das Schärfste abgelehnt, da er einen Hof hatte, der nicht nur klein und armselig, sondern in einer unschönen steilen Hanglage gelegen war. „Möchtest du da etwa wirklich hinheiraten?“, hatte er mich mitleidig gefragt. „Kannst du dir vorstellen, was das bedeutet?“

Hansl hingegen genügte seinen Ansprüchen. Vater hatte nicht übersehen, wie ich ihn ständig verstohlen angeschaut hatte, jung und verliebt. Seit ich älter war, hatte er mich oft angelacht, und ich wusste, dass ich ihm gefiel. Ich hatte Hansl sehr lieb gewonnen und mir fest vorgenommen, auf ihn zu warten. Und das nicht nur, weil sein Hof den Ansprüchen meines Vaters genügte.

Die Kriegsjahre zogen sich hin, und die Armut war groß. Schließlich musste auch einer meiner Brüder einrücken, im Alter von erst sechzehn Jahren, in den letzten Tagen des

Krieges. Schwer verletzt kehrte er zurück. Wir waren alle heilfroh, als der elende Krieg endlich zu Ende war. Mein Bruder ist Jahre später am Kreuzbergpass in einem Stall unter eine Lawine gekommen und viel zu jung verstorben.

Hansl, mein späterer Mann, hatte also mit meinem Vater vereinbart, dass er mich nach dem Krieg heiraten werde. Ich war mit dieser Wahl einverstanden. Er war nach Kriegsende noch zwei Jahre lang in Schlesien in Gefangenschaft. Ich musste also auf ihn warten. In den Jahren seiner Abwesenheit habe ich immer wieder Anträge bekommen, von zahlreichen Burschen aus der Nachbarschaft und aus dem Dorf. „Toia", sagten sie, „warum willst du auf ihn warten; wer weiß, ob er zurückkommt? Ich bin hier, bei dir, nimm doch mich." Ich war hübsch, fleißig und gut gebaut, was konnte man sich mehr von einem Mädchen erwarten? Doch ich habe niemanden angeschaut und all die Jahre über nur auf den Hansl gewartet.

Eines Abends fand ein lustiger Vorfall bei uns daheim statt: Meine Schwester Herma und ich durften niemals abends ausgehen. Das war damals so üblich; ordentliche Mädchen gingen nicht aus. Deshalb mussten die Burschen zu uns nach Hause kommen, wenn sie uns näher kennenlernen wollten. Ein junger Mann aus St. Lorenzen hatte schon länger ein Auge auf mich geworfen, das wusste ich. Ich aber hatte ihn nie beachtet, da ich nur auf Hansl wartete. Trotzdem ließ er sich nicht davon abhalten, mich ständig zu umgarnen.

Und einmal ist er am Abend, als es schon dunkel war, mit dem Fahrrad zu unserem Hof heraufgefahren. Alles war still, niemand von uns hatte ihn bemerkt. Er wollte bei mir „fensterlen" und holte sich bereits leise eine Leiter aus unserem Stall. Doch einer der Brüder von Hansl, mein späterer Schwager, hatte etwas geahnt und lauerte ihm auf. Während also der Lorenzner versuchte, zu mir in die Kammer zu kommen, stahl er ihm sein Fahrrad. Ich ließ ihn sowieso nicht ein, also musste er unverrichteter Dinge wieder heimkehren. Doch sein Fahrrad war weg. Deshalb musste er des Nachts zu Fuß den weiten Weg zurücklegen. Er ist nie mehr gekommen; was aus seinem Fahrrad geworden ist, weiß ich nicht.

Ich war bei Kriegsende neunzehn Jahre jung, bildschön und doch allein. Ich hatte erfahren, dass Hansl in Schlesien war, ganz selten nur bekam ich Post. Ich wusste von anderen, dass es den Kriegsgefangenen oft schlecht erging, dass sie wenig zu essen hatten und schwere Arbeit verrichten mussten. Ich konnte nur hoffen, dass mein Hansl bald zu mir zurückkommen würde.

Die Jahre zogen ins Land. Arbeit, Arbeit, nichts als Arbeit. Wir mühten uns ab, meine Schwester und ich, um meinem Vater und den kleineren Brüdern das Leben zu erleichtern. Manchmal kamen an den Sonntagnachmittagen Freunde des Vaters zu uns auf den Hof. Sie blickten Herma und mich und unsere aufgeblühte Jugend interessiert an, doch dann widmeten sie sich etwas Wichtigerem: Sie spielten Karten. Meistens wurde *gewattet*, *offen* oder *blind*. Die Brüder durften dabei bleiben, doch Herma und ich wurden weggejagt. „Habt ihr nichts zu tun?“, fragte uns der Vater streng. „Geht doch Socken flicken.“ Es war überhaupt nicht üblich, dass Mädchen Karten spielten oder auch nur dabeisaßen. Deshalb tat ich, als ob ich ihm gehorchen würde. In Wirklichkeit aber setzte ich mich in einen unbemerkten Winkel vor der Stube und beobachtete die Männer. Das Kartenspiel schien sehr wichtig zu sein; alle konzentrierten sich darauf, und nur durch gelegentliche Flüche und Aufschreie wurde die Ruhe unterbrochen. Ich verstand die Regeln bald, aber trotzdem habe ich nie mitgespielt. Bis heute habe ich nie *gekartet,* weil ich immer wieder gehört hatte, dass sich das für Weibsbilder nicht ziemt.

Zwei Jahre nach dem Krieg verbreitete sich eines Tages die Nachricht wie ein Lauffeuer durch das Dorf, dass einige Kriegsgefangene nach Hause kommen würden. Ich hatte schon ewig lange nichts mehr von Hansl gehört, mir war jedoch zu Ohren gekommen, dass er es geschafft hatte, aus der schrecklichen Kriegsgefangenschaft zu fliehen. Er hatte zu Fuß versucht, nach Hause zu kommen. Als ich die gute Nachricht hörte, machte ich mich sofort auf, schnell hinunter nach St. Lorenzen. Ich zog mein Feiertagsgewand an und eilte aufgeregt ins Tal. Mein Herz klopfte wie wild. Ich sah all die schmutzigen Männer mit ihren harten, doch glücklichen Gesichtern – doch Hansl war nicht darunter.

Ich war enttäuscht, hatte ich doch gehofft, ihn endlich in die Arme schließen zu können. Traurig stand ich da, in der Hand den Korb mit einigen guten Sachen für Hansl, die ich ihm als Willkommensgruß hatte schenken wollen. Ich drehte mich um und wollte wieder heimgehen, doch da hielt mich ein Bettler auf. Er schien alt zu sein und war nur in *Hotteln* gekleidet, schmutzig und armselig. Ich dachte, dass er etwas Geld von mir wollte, doch ich hatte keines dabei und schüttelte nur den Kopf. Als ich an ihm vorbeigehen wollte, hielt er mich am Arm fest und ließ mich nicht gehen. Ängstlich blickte ich ihm in die Augen

– was wollte dieser Mann von mir? Plötzlich schrie ich laut auf, entsetzt erkannte ich, dass es Hansl war – mein Hansl, nur noch Haut und Knochen. Die Tränen rannen mir über die Wangen, ich umarmte ihn und war dankbar, unendlich dankbar dafür, dass der Herrgott ihn mir endlich gebracht hatte. Er begann ebenfalls zu weinen, ich wusste gar nicht, dass Männer das können. *„Jo Hansl, wersche nit rearn?“*, fragte ich ihn, überglücklich, ihn endlich wiederzuhaben. Er hielt mich ganz, ganz fest. „Toia, meine kleine Toia ...“, sagte er und wollte mich gar nicht mehr auslassen.

Wortlos gingen wir danach nebeneinander hinauf zu unseren Höfen. Nie habe ich ihn über diese schrecklichen Jahre ausgefragt, und nie hat er darüber gesprochen. Er hat sich bald erholt; in wenigen Wochen sah er wieder aus wie vorher und arbeitete fleißig auf seinem Hof. Doch diesen Moment habe ich nie vergessen.

Wir machten gemeinsam mit unserem Vater aus, dass wir in einem Jahr heiraten würden. Vorher sollte Hansl sich erst einmal erholen und seinen Hof wieder in Griff bekommen. Für uns Frischverliebte und Verlobte war es ganz selbstverständlich, dass wir vor der Hochzeit nichts miteinander zu tun hatten. Kein Kuss vor der Heirat, nicht einmal ein Händchenhalten. Warum auch, ich würde ihn ja später ein Leben lang mein eigen nennen. Aber ich freute mich jedes Mal, wenn Hansl mich besuchte. Ich war richtiggehend verliebt in ihn. Und wenn ich ihn wieder zufällig sah, als ich Wasser holte, hatte ich keine Angst mehr vor ihm wie früher als Kind.

„Hoi, Toia!“, begrüßte er mich jedes Mal freundlich, mit einem herausfordernden Lachen. Ich winkte schüchtern zurück und ging weiter. Mehr war nicht notwendig. Aber ich freute mich so stark auf den Tag, wenn ich endlich seine Frau sein würde.

Kurz vor meiner Heirat mit Hansl arbeitete ich wieder auf einem fremden Hof, um selbst noch etwas zu verdienen. Die Leute dort redeten nicht viel, doch ungut waren sie im Allgemeinen nicht. Im Übrigen gab es kaum Zeit für Schwätzereien. Doch wir hatten nicht genau vereinbart, wie lange ich dort bleiben sollte. Als die Bauersleute schließlich erfuhren, dass ich heiraten wollte und deswegen nicht lange bleiben würde, wurden sie plötzlich unfreundlich. *„Kaum hosche sie ausgelernt, geaht sie wieder"*, schimpften sie. Sie grüßten mich kaum zum Abschied, und zuletzt entpuppten sie sich als ungerechte und herrschsüchtige Menschen: Ich hatte vor einem Jahr von meinem *Tate* einen schönen grauen *Sarner Jangger* bekommen. Als ich nun den Hof verlassen wollte, riss mir der Bauer die Jacke aus der Hand und sagte, diese werde er nun behalten, weil ich nicht bleiben wollte. Statt einer Abfindung musste ich nun also bezahlen. Ich ärgerte mich fürchterlich, wusste mir aber nicht zu helfen und ging deshalb ohne Jacke heim. Hansl und mein Vater haben sich darüber furchtbar aufgeregt, doch sie hatten wohl keine große Lust, mit dem zänkischen Bauer deswegen Streit anzufangen. Unser zukünftiges gemeinsames Leben war nun wichtig für uns und nichts anderes.

Das Jahr war vorbei, dann wurde endlich geheiratet. So lange hatten wir aufeinander gewartet, endlich konnten wir zusammen sein. Ich war inzwischen dreiundzwanzig Jahre alt, mein Mann sechsunddreißig. Geheiratet haben wir frühmorgens an einem Werktag. Wir sind mit dem Taxi in die schöne Wallfahrtskirche nach Maria Trens gefahren. Ein Freund meines Vaters war Taxifahrer und hat uns diese Fahrt als Hochzeitsgeschenk gegeben. Nach der Messe haben wir sogar einen Kaffee im Gasthaus getrunken, ganz nobel. Doch bald mussten wir wieder nach Hause und dort gleich ab aufs Feld, um weiterzuarbeiten. So war das damals – nichts mit Hochzeitsmahl und Hochzeitsreise.

Ich erlebte durch meine Hochzeit mit Hansl einen „Aufstieg“: Der Ortsteil in Abtei, in dem ich geboren wurde und die ersten Kindheitsjahre verbracht hatte, hieß „Sottsass“, das heißt übersetzt soviel wie Untersteiner. Der Hof meines Mannes aber hieß Übersteinerhof. Wir haben oft über diesen Namenszufall gelacht – von Untersteiner zu Übersteiner.

Wir freuten uns, uns ein gemeinsames Leben aufzubauen. Doch, wie es oft ist, wenn man positiv eingestellt ist und glaubt, dass einem die ganze Welt gehört: Es gab auch Widerstände. Hansl wohnte nämlich nicht alleine auf seinem schönen Hof. Eine Reihe von Verwandten mussten wir mitfüttern, und die waren mir nicht besonders wohl gesonnen. Zuerst war da seine Mutter. Eigentlich hätte sie ja froh sein müssen, dass ihr sechsunddreißig Jahre alter Sohn eine junge Frau mitbrachte und nun für die Nachkommenschaft gesorgt wurde. Ich war außerdem fleißig und arbeitsam und mir für nichts zu schade. Trotzdem, sie war zeitlebens nicht überaus freundlich mit mir. Sie besaß ungefähr fünfzehn Hennen, die vor der Haustüre herumliefen. Emsig sammelte sie jeden Morgen die Eier ein, die sie unten im Dorf für gutes Geld verkaufen konnte. Ich aber bekam nur eine einzige Henne, und diese musste für meine Familie reichen, die Jahr um Jahr größer wurde. In all den Jahren habe ich nie ein Ei mehr für meine Kinder bekommen; das habe ich ihr nie verziehen. Die anderen beiden Mitbewohner waren Hansls Geschwister, ein Bruder und eine Schwester. Beide waren ledig und halfen nur wenig auf dem Hof mit. Der Bruder zog zum Glück nach einigen Jahren weg und gründete eine eigene Familie. Die Schwester hingegen blieb uns erhalten, ein Leben lang. Sie war älter als mein Mann, also mehr als fünfzehn Jahre älter als ich selbst. Obwohl ich mich am Anfang darum bemüht hatte, nie kam zwischen uns ein besonders gutes Verhältnis zustande. Zu Beginn tat mir das leid, da ich es durch meine Schwester gewohnt gewesen war, gut miteinander auszukommen. Aber was sollte ich tun, mit der Schwägerin klappte es einfach nicht. Später, als meine Kinder da waren, beachtete sie diese kaum. Wenn doch, nur um mit ihnen zu schimpfen; gewickelt hat sie eines kein einziges Mal. Sie hat nicht viel gearbeitet und mehr auf sich selber geschaut. Sie war eine launische und ungute Frau.

Der Einstand in meiner neuen Familie war also nicht einfach. Im Gegenteil, am ersten Morgen wurde ich bereits in den Stall geschickt, um die Tiere zu versorgen. Meine Schwiegermutter wollte das unbedingt. „Jetzt, wo eine Junge im Haus ist, werde ich wohl nicht mehr in den Stall müssen", schimpfte sie mit mir. Ich weinte bitterlich, so hatte ich mir das wohl nicht vorgestellt. Zu Hause hatten meine jüngeren Brüder diese harte Arbeit erledigt und nicht wir Mädchen. Doch ich wusste, dass mein Mann nichts dafür konnte; er hatte ja sonst genug Arbeit. Er mischte sich nie in unsere Streitereien ein, da er es allen recht machen wollte. Es war gar nicht leicht für mich.

Ansonsten waren unsere ersten Ehemonate wunderschön. Hansl war immer freundlich mit mir, nie habe ich ein böses

Wort von ihm gegen mich gehört. Wenn ich eine Arbeit noch nicht konnte, erklärte er sie mir, nie wurde er dabei ungeduldig. Das war aber gar nicht notwendig, da ich im Allgemeinen alles schnell kapierte. Am Sonntag gingen wir gemeinsam hinunter in die Kirche, dort trennten wir uns, er saß rechts bei den Männern, ich mit Schwiegermutter und Schwägerin links bei den Frauen. Danach kam er meistens gleich mit uns heim, uns fehlte das Geld für einen Wirtshausbesuch. Wir lachten oft miteinander, unser Zusammensein bereitete mir große Freude.

Nach den Bosheiten meiner neuen Verwandtschaft, denen ich besonders am Anfang unserer Ehe immer wieder ausgesetzt war, war ich dankbar für die große Zärtlichkeit meines Mannes, die er mir entgegenbrachte, als wir abends unter uns waren. Er war ein schöner Mann, ich war sehr glücklich mit ihm, Tag und Nacht.

Und so änderte sich bald unser gemeinsames Leben: 1949 wurde meine älteste Tochter geboren. Ich freute mich unbändig, denn nun waren wir endlich eine richtige Familie. Ich, die die Mutter früh verloren hatte, freute mich, nun endlich selbst eine Mutter sein zu können. Ich überhörte die bösen Stimmen, die bemängelten, dass nicht gleich beim ersten Mal ein Bub gekommen war. Darüber konnte ich nur lachen, ich freute mich über meine wunderschöne Tochter. *„Die Buim wearn schunn no kemm"*, antwortete ich selbstbewusst jedem, der sich erlaubte, dieses Thema anzusprechen.

Und sie kamen. Fast jedes Jahr war ich schwanger und das zwanzig Jahre lang. Kein einziges Mal bekam ich eine Früh- oder Fehlgeburt, jedes Mal ging alles gut, ich hatte großes Glück. Beim vierzehnten Kind war ich dreiundvierzig Jahre alt.

Einmal habe ich sogar Zwillinge bekommen, zwei Buben. Eines der beiden Babys war derart winzig, dass wir anfangs kaum glauben konnten, dass es überleben würde. Der Gemeindearzt kam herauf zu uns und untersuchte das Kind. Er bezweifelte, ob alles gut gehen würde, doch er sprach mir Mut zu und gab mir genaue Anweisungen, was ich machen sollte: *„Gibsche in Poppile jedn Tog lei an Löffl Pappa, lei an Teelöffl voll.“* Alles andere wäre zuviel gewesen. Also fütterte ich den Kleinen geduldig, ich war jeden Tag überzeugter davon, dass er es schaffen würde. Wir freuten uns alle, als er zum ersten Mal lachte, als er seine ersten Schritte tat. Heute ist er ein großer starker Mann; niemand würde ihm ansehen, dass er einst um Leben oder Tod gekämpft hatte.

Meine Kinder habe ich fast alle zu Hause bekommen. Die Hebamme ist anschließend ein paar Tage geblieben, um die anderen Kinder zu versorgen und die nötigsten Arbeiten zu verrichten. Nur beim letzten Kind, 1969, wurde ich ins Spital geschickt. Warum, weiß ich nicht. Wegen der Sicherheit, wurde mir eingeredet. Es ist sowohl daheim wie im Krankenhaus alles gut gegangen. „Und, wie fühlst du dich hier im Krankenhaus?“, fragte mich eine Nachbarin, die mich besuchen kam. „Es geht schon“, antwortete ich, „aber lieber habe ich daheim entbunden. In meinen eigenen vier Wänden habe ich mich wohler gefühlt als hier unter all den weißen Kitteln.“

Einige Male wusste ich mir fast nicht zu helfen. Ein Kind schrie, das andere folgte nicht, ein drittes hatte sich schmutzig gemacht. Und daneben Schwiegermutter und Schwägerin, die nur zuschauten, anstatt mitzuhelfen. Manchmal hörte ich an ihren Bemerkungen, dass sie mich stattdessen nur kritisierten. „Was kriegt sie so viele Kinder, wenn sie sie nicht im Griff hat“, meckerten sie. Doch ich dachte mir leise bei mir, ich schaffe es auch ohne euch, und das habe ich. Meine Kinder waren das Wichtigste für mich, ich war noch jung, doch mit Liebe, Zuversicht und Hausverstand habe ich meine Kinderschar erzogen. Und ich habe es gut gemacht.

Groß war das Haus nicht, in dem wir wohnten, deshalb mussten wir erfinderisch sein. In einem Zimmer befanden sich zwei Betten, fünf der Kinder schliefen zusammen in diesen. Die anderen Räume wurden auf ähnliche Weise eingeteilt. Es war ja fast nie der Fall, dass alle vierzehn Kinder zugleich hier wohnten. Wenn die Kleinsten kamen, waren die Größten bereits irgendwo im Dienst. Aber es war eng bei uns. Vor allem war es aber immer lebendig.

Sogar, nachdem ich schon einige meiner Kinder bekommen hatte, ging ich oft noch zu den unwegsamen Nachbarhöfen, um Spritzen zu machen, vor allem im Winter. Die Wege waren voll Eis und Schnee und äußerst gefährlich. Der Doktor hatte Angst davor, so weit hinaufzugehen, deshalb nahm ich ihm einige Gänge ab. Ich war diese Wege gewohnt und trug jedes Mal schwere Eisenschuhe, um nicht zu stürzen. Ich war mittlerweile weitum bekannt; die Leute freuten sich, wenn ich zu ihnen kam. Man konnte bei diesen Gelegenheiten auch ein *Ratscherle* machen. Wir hatten ja keine Zeitung, deshalb wusste man sich stets etwas zu erzählen. Außerdem hatten die Leute Respekt vor mir, und die Kranken freuten sich, wenn ich zu ihnen kam und ein paar aufmunternde Worte für sie hatte. Oft nahm ich eines meiner älteren Kinder mit, die ganz selbstverständlich mithalfen. Geld habe ich für diese Hilfeleistungen nie gesehen, aber Dankbarkeit und manchmal etwas Essbares. Das war für uns ganz normale Nachbarschaftshilfe; jeder half den anderen, wo er konnte. Wenn ich wieder nach Hause kam, warteten die Kinder schon auf der Bank vor dem Haus auf mich. Wenn ich in der heutigen Zeit gelebt hätte, wäre ich vielleicht Krankenschwester oder Ärztin geworden, wer weiß.

In einer großen Familie wie der unsrigen kamen Unmengen von Wäsche zusammen. Gewaschen habe ich noch mit der Hand, im Winter in der Küche in einem großen Bottich. Und das nachts, wenn alle Kinder schliefen, weil ich mich voll und ganz der Wäsche widmen musste. Das war eine schwere Arbeit, das kann man sich gar nicht mehr vorstellen. Es gab noch keine Wegwerfwindeln, deswegen kamen noch die Stoffwindeln der Kinder dazu, jede *Hottl* haben wir dafür verwendet. Die Kinder waren alle früh sauber; sobald sie sitzen konnten, habe ich sie aufs *Topfele* gesetzt; in der Nacht habe ich dazu mit der Laterne geleuchtet, weil wir kein Licht hatten. Meine älteste Tochter hat mir von klein auf geholfen, ebenso wie die anderen Kinder. Sobald sie fünf oder sechs Jahre alt waren, haben sie beim Abwasch geholfen, Holz getragen und auf die jüngeren Geschwister aufgepasst.

Die Kinder machten mir große Freude. Alle sind später brave Arbeiter geworden, keiner hat mir Sorgen gemacht. Das ist schon ein Glück. Kindergarten gab es bei uns keinen, bei uns gab es zu Hause aber Beschäftigung genug. Meinen Kindern war nie langweilig. Später in der Schule konnte ich ihnen leider überhaupt nicht helfen, weil ich ja alles nur auf Italienisch gelernt hatte. Die Kindererziehung war alleine meine Aufgabe. Mein Mann hat nie mit den Kindern geschrien und geschimpft, dafür war ich zuständig. Er hatte einen sehr weichen Charakter, also musste ich als Mutter die Strenge sein.

Unser Hof liegt weitab von der Zivilisation. Erst im Jahre 1974 haben wir Wasser bekommen. Das bedeutet, dass ich bis dahin das Wasser immer beim *Brünnl* holen musste. Das war eine Schinderei. In einer großen Familie wird nämlich viel Wasser gebraucht. Kochen, waschen, putzen – was habe ich Kübel voll Wasser geschleppt! 1974 gab es noch eine Neuerung bei uns: Endlich führte eine Straße bis zu unserem Hof herauf. Das war eine Aufregung. Auf den elektrischen Strom mussten wir noch einige Jahre warten. Erst Anfang der Achtzigerjahre wurde unser Hof endlich ans Stromnetz angeschlossen. Endlich konnten wir unsere Petroleumlampen und Kerzen gegen elektrisches Licht austauschen. Ich bekam eine Waschmaschine, und die Kinder brachten sogar einen Fernseher. Es war fast nicht zu glauben, aber nach einem Leben mit dermaßen großen Entbehrungen waren das riesige Erleichterungen für uns. Anfangs kam es mir vor, als ob ich plötzlich nichts mehr zu tun hätte, zwischen Waschmaschine und Staubsauger. Das waren nun einmal wirklich nützliche Erfindungen. Aber wir sind auch vorher ohne Fernseher glücklich gewesen. Wir saßen am Abend gemütlich zusammen. Und weil wir keinen Strom hatten, sind wir im Winter früh schlafen gegangen und waren am nächsten Morgen nicht müde. Es hatte also alles nicht nur Nachteile. Trotzdem, ich kann gut verstehen, dass keine Frau von heute damals bei uns geblieben wäre. Wenn ich die Wahl gehabt hätte, hätte ich wohl weniger gearbeitet.

1982 ist mein Mann leider mit dem Auto verunglückt. Das war eine schlimme Zeit für mich. Mehr als unser halbes Leben hatten wir glücklich miteinander verbracht. Ich fühlte mich einsam ohne ihn, obwohl viele Menschen um mich herum waren. Nur meine Kinder haben mir die Kraft gegeben, ohne ihn weiterzumachen. Mein jüngstes Kind war damals dreizehn Jahre alt, die meisten waren schon erwachsen.

Doch ich dachte mir schließlich, er will sicher, dass du es schaffst, dass du glücklich bist. Und so habe ich sein Grab gepflegt und den Hof in seinem Sinne weiter geführt, bis ich ihn an einen meiner Söhne übergeben habe. Ich werde Hansl nie vergessen, er war meine einzige und große Liebe.

Ich verdanke es dem Herrgott, dass alles gut gegangen ist. Oft, wenn ich glaubte, dass doch alles zu viel ist, betete ich einen Rosenkranz; daraus schöpfte ich wieder Kraft und Zuversicht. Auch heute noch bete ich täglich.

Seit einigen Jahren bin ich nun auf den Rollstuhl angewiesen und deshalb hierher ins Brunecker Altersheim gezogen. Die Umstellung war nicht leicht, doch jetzt fühle ich mich hier wohl. Ich kenne fast alle Mitbewohner, und die Pfleger sind freundlich. Einige Mitbewohner sind ständig schlecht gelaunt, da kann ich nur lachen – hier geht es mir gut, ich werde rund um die Uhr bedient und kann endlich mal ausruhen. Ich hoffe, dass ich hier noch ein paar schöne Jahre erleben kann. Ich habe jetzt vierzig Enkel und siebzehn Urenkel. Was habe ich Kinderkleidung gestrickt in meinem Leben, *Sockelen,* Mützchen und *Sarnerlen.* Fast täglich kommt mich jemand hier im Altersheim besuchen.

Darüber freue ich mich jedes Mal. Es ist schon ein Glück, eine große Verwandtschaft zu haben.

Manchmal denke ich, das Leben ist doch seltsam: Ich bin jetzt neunundachtzig Jahre alt und alles ist so schnell vergangen. Meine harte Kindheit, die kurzen Jugendjahre. Und dann die Zeit als junge Mutter, mit all meinen vierzehn Kindern. Plötzlich war ich Großmutter, und jetzt sitze ich hier mit schneeweißem Haar und berichte über mein Leben. Wir waren zufrieden mit allem, mit dem Wenigen, das uns geboten wurde, wahrscheinlich zufriedener als die Kinder heute, die alles haben und doch immer nur noch mehr wollen. Vielleicht liest das jetzt jemand und fragt sich, wie wir das alles früher geschafft haben, die nicht enden wollende Arbeit, keine Freizeit, keine Zeit für uns selber. Aber wir hatten ein klares Ziel vor Augen, leben und überleben, und wir wussten, was richtig ist und was falsch; da hatten wir es sicher einfacher als die heutige Generation.

Ich wünsche mir, dass ich noch einige Jahre gesund und glücklich hier leben kann, sonst sind alle meine Wünsche erfüllt worden. Gesunde Kinder, fröhliche Enkelkinder, ein liebenswerter Mann, was will man mehr vom Leben? Und ich wünsche allen Leserinnen und Lesern, dass sie zu schätzen wissen, was sie haben und nicht unzufrieden durchs Leben laufen, immer nach der Suche nach noch mehr. Ich bin dankbar für meine bisherigen Jahre. Ewig dankbar.

Toia ist nun müde geworden. Das Gespräch hat lange gedauert und sie sichtlich angestrengt. Sie grüßt freundlich, bedankt sich bei mir und wünscht mir alles Gute. Ich verlasse das Altersheim und bin beeindruckt. Beeindruckt von der Stärke dieser Frau und ihrem ansteckenden Optimismus. Und von ihrer Zufriedenheit und ihrem großen Vertrauen darauf, dass sich alles zum Guten wendet.

S. M. E.

Das blaue Kleid

Kathi W., Jahrgang 1928, Leifers – Frankreich

„Herzstillstand", murmelt der Arzt, steckt sein Stethoskop wieder in die Tasche und kramt lustlos einen Kugelschreiber und einen Block heraus. Ich sitze einfach nur da in meiner bunt geblümten Schürze und streichle meinen Kater, der auf meinem Schoß liegt. Draußen zwitschern die ersten Vögel, langsam wird es hell. Hier drinnen aber scheint die Zeit stillzustehen. Der Arzt sieht mich teilnahmslos an, dann drückt er Jean Pierre, meinem Sohn, den Totenschein in die Hand. „Bei dem hohen Alter kommt das vor", meint er nur und geht nach draußen, Jean Pierre hinterher. Ich höre noch ein kurzes Murmeln und etwas lauter dann: „Machen Sie doch mal die Fenster auf!"

Ich rühre mich nicht vom Fleck und sehe ihn an, wie er daliegt, mein Ehemann, ein kleines Häuflein Mensch, friedlich, still, tot. Die Wangen sind eingefallen, der Schädel kahl, die faltigen Hände zum Gebet gefaltet. Wie groß seine Nase und die Ohren geworden sind. Wie lange ist es her, dass ich ihn überhaupt noch wirklich angeschaut habe. Ich erinnere mich nicht. 83 Jahre alt ist er geworden. Aber für einen, der immer so laut und schnell war, da stirbt man doch nicht einfach so, so leise, denke ich mir. Ich kann einfach nicht glauben, dass ich nichts bemerkt habe. Ich lag doch auf der Liege neben seinem Bett, weil ich ihn ja immerzu drehen musste. In seinem letzten Moment allerdings habe ich tief und fest geschlafen.

Die darauf folgenden Stunden und Tage ziehen wie langsame Nebelschwaden an mir vorbei. Der Leichenbestatter, der Abtransport, meine weinenden Kinder, die doch schon seit Jahren auf diesen Tag gewartet haben, die Beerdigung, die Staatsfahne, die bei Kriegsveteranen gehisst wird, die Rückkehr in die Wohnung. Endlich allein. Ich sitze ein letztes Mal an seinem Bett, das schon morgen vom Sozialdienst abgeholt wird. Wie oft in den vergangenen vierzig Jahren habe ich in Gedanken, im Streit oft aber auch lautstark, seinen Tod herbei geschrien. Denn er war ein Tyrann, ein Unmensch. Ich habe ihn geliebt und gehasst, bewundert und gefürchtet. Aber, er war mein Ehemann. „Bis dass der Tod euch scheidet." Mario war genau zwanzig Jahre älter als ich und hatte ständig Magenschmerzen. Dass er vor mir sterben würde, war vorhersehbar. Letztendlich ist er doch noch über achtzig Jahre alt geworden und musste die letzten zehn Jahre seines Lebens als Querschnittsgelähmter im Bett verbringen.

Aber jetzt, wo er gestorben und alles vorbei ist, wo ich zum ersten Mal im Leben frei bin – wirklich frei – jetzt frage ich mich, was ich anfangen soll mit dieser Freiheit. Ich sitze da und höre in mich hinein; so als müsste etwas in mir zu finden sein, aber nein, da ist nichts. Ich spüre kein Gefühl des Glücks, keine Erleichterung, ja nicht einmal ein erlösendes Ausschnaufen kommt aus meinem Mund. Es ist alles einfach nur leer in mir.

Mein alter getigerter Kater streicht um meine Beine und springt mit einem Satz in meinen Schoß. Dann raunzt er, trippelt ungeduldig von einer Pfote auf die andere. „Du und all die anderen Tiere, die ich hatte, ihr wart und seid die Einzigen hier, die mich wirklich verstehen, bei denen ich reden konnte, wie ich wollte und meine deutsche Muttersprache nicht verstecken musste." Ich streichle über sein struppiges Fell, aber er möchte sich jetzt nicht hinlegen und einrollen, er will, dass ich aufstehe. „Du alter Kater hast recht, die Dinge muss man nehmen, wie sie sind. Wir müssen jetzt etwas essen. Außerdem hat der Arzt, auch wenn er nicht gerade freundlich zu uns war, recht. Dieses Zimmer braucht wirklich mehr Licht und Luft." Entschlossen schiebe ich die milchigen Vorhänge zur Seite, mache die zwei Fenster auf und drücke die geschlossenen Fensterläden ganz nach außen. Sonnenlicht flutet den Raum, zahllose winzige Staubkörnchen schweben durch die Luft und tragen den schalen Geruch des Todes mit sich fort. „Ja, so ist es gut."

Ich gehe durch den schmalen Gang zu dem kleinen Zimmer neben dem Bad. Zwischen Decken, Matratzen, Koffern und all den Sachen, die schon lange niemand mehr braucht und lediglich da sind, weil sie einfach nie weggeworfen worden sind, steht ein schmaler weißer Schrank. Die Farbe blättert bereits ab, doch er hütet die kostbarsten Schätze meines Lebens. Alte Bilder meiner Eltern, etwas Schmuck, mehrere Schallplatten von Bobby Solo, Daliah Lavi, Mireille Mathieu und anderen Sängern, ein Paar elegante cremefarbene Halbschuhe mit leichtem Stöckel, dazu die passende Handtasche und – das Kleid. Andächtig streiche ich mit der Hand über den feinen seidenen Stoff in hellem Lavendel, meiner Lieblingsfarbe. Dieses Kleid hat mich vor über vierzig Jahren gerufen, in ihm lag und liegt meine ganze Hoffnung. Wie lange habe ich gebraucht, bis ich es gekauft habe. Und ich habe es noch nie getragen. „Geduld, erst, wenn du frei bist, Kathi, erst, wenn du frei bist", habe ich mir vor über vierzig Jahren geschworen.

„Madame Kathi, das wäre doch etwas für eine junge hübsche Frau wie Sie. Sehen Sie nur, dieses Kleid in hellem Lavendel, die neueste Mode aus Paris. Ich mache Ihnen auch einen guten Preis." „Aber Madame, Sie wissen doch, ich brauche so etwas nicht. Stellen Sie sich nur vor, ich in diesem Kleid auf dem Feld oder beim Füttern der Hühner." Wir lachten beide. Die alte Händlerin kam schon seit vielen Jahren mit ihren Kleidern zweimal die Woche nach Sainte-Maxime zum Markt. Ich war gerade zweiundzwanzig geworden und vor drei Jahren mit Mario aus Vorarlberg hierher in die Provence, in den Süden Frankreichs, ans Meer gezogen. Er ein französischer Soldat mit italienischen Wurzeln, ich eine deutschsprachige Südtirolerin, die mit zwölf Jahren von Südtirol nach Vorarlberg ausgewandert war. Er vierzig und grauhaarig, ich neunzehn und noch ein halbes Kind.

Ich bin 1928 in Leifers bei Bozen geboren und die Älteste von sechs Kindern. Mein Vater, der Hufschmied, hatte mitten im Dorf eine eigene Werkstatt. Er war stolz darauf, dass sogar die Krämer vom Oberen Vinschgau mit ihren *krumpen* Pferden zu Fuß über Meran und durch das Etschtal in seine Schmiede nach Leifers kamen. Er sah die Tiere an und meinte meist nur: „Der hat nur schlechte Schuhe an; das werden wir schon richten." Und wirklich, es gab kaum ein Tier, dem er nicht helfen konnte. Doch die Zeit der Arbeit und des Wohlstands währte für unsere Familie nicht lange. In den Dreißigerjahren kamen immer mehr italienische Einwanderer vom Süden in unser Dorf, darunter war auch ein Schmied. Die Bauern trauten sich nicht mehr, mit ihren Tieren zu einem deutschsprachigen Hufschmied zu gehen. Hinzu kam, dass mein Vater ein stolzer Mann war, der unter einem bestimmten Preis nicht arbeiten wollte. Schließlich blieb das Geschäft ganz aus. Als 1938 noch mein jüngster Bruder zur Welt kam, wusste Vater nicht mehr, wie er die Familie ernähren sollte. Von der Werkstatt und den Mauern des Hauses konnten wir nicht leben. In der Hoffnung auf Arbeit entschied er sich 1939 innerhalb weniger Wochen für die Auswanderung ins Deutsche Reich. Meine Mutter weinte. Der Gedanke, mit sechs kleinen Kindern in ein unbekanntes Land zu ziehen, machte ihr Angst. Nein, sie wollte in Leifers bleiben. Doch auch sie wusste keinen anderen Ausweg. Der Vater sprach lange mit seinem besten Freund Peter. „Du bist der Einzige, dem ich in dieser Sache vertrauen kann. Ich gebe dir die Vollmacht über das Haus. Auch wenn wir jetzt unsere Staatsbürgerschaft verlieren, so wird Südtirol immer unsere Heimat bleiben. Wir kommen wieder zurück. Bitte versprich mir, alles zu tun, dass wir das Haus nicht verlieren." Der Freund willigte ein und mit einem Handschlag wurde der Pakt besiegelt.

Ich war elf Jahre alt, mein jüngster Bruder knapp zwei, als wir mit dem Zug über Innsbruck nach Feldkirch in das Deutsche Reich in unsere unbekannte neue Heimat fuhren. Dort war man auf uns *„Nuie"* gar nicht vorbereitet. Die versprochenen Häuser und Wohnungen mussten erst gebaut werden. So wohnten wir anfangs in einfachen Baracken, dann wurden wir in Gasthäusern untergebracht. Nach einigen Monaten waren die Südtiroler Siedlungen fertig und meiner Familie wurde eine neue, schöne Wohnung zugewiesen. Der Vater bekam eine Arbeit bei der Eisenbahn im dreißig Kilometer entfernten Bludenz. Jeden Morgen startete er mit seinem Fahrrad bereits vor sechs Uhr zum Bahnhof und kam erst spät nachts nach Hause. Ich habe ihn in dieser Zeit kaum gesehen. Wenn doch, dann schaute er stets ganz verbittert drein und wurde immer gleich so zornig, sodass es uns schon aus Angst ganz recht war, ihn nicht ständig zu sehen. Aber selbst wir Kinder verstanden bald, dass das Leben in unserer neuen Heimat nicht besser wurde. Es herrschte Krieg und dieser forderte auch an der Heimatfront seine Opfer. Wir erhielten zwar Essensmarken, aber die Regale in den Läden waren leer. Es dauerte nicht lange, da zogen meine Brüder mit einer Horde anderer Kinder von Mülltonne zu Mülltonne und prügelten sich um ein paar Karottenschalen. Als auf den Feldern die Bauern Kartoffeln setzten, gruben die Kinder die Setzlinge wieder aus und stellten enttäuscht fest, dass es nur Schalen mit ein paar Keimen waren. Wir aßen so viele Holunderbeeren, wie wir nur konnten, obwohl wir genau wussten, dass man davon nur brechen muss. Der Vater verzweifelte, er schrie und schlug fast täglich einen von uns. Manchmal ist mir, als höre ich das Sausen seiner Rute noch heute. Es dauerte Jahre, bis ich verstand, dass mein Vater kein schlechter Mensch, sondern nur todunglücklich in diesem neuen Land war.

Er war es immer gewohnt gewesen, sein eigener Herr zu sein. In Vorarlberg war er ein gewöhnlicher Arbeiter unter vielen, der nur nicht an die Front musste, weil er schon zu alt war. Aber er schaffte es auch hier nicht, die Bäuche seiner Kinder sattzubekommen. Hinzu kam, dass die Vorarlberger uns Zugereiste hassten. „Nichts als ein billiges Volk und doch bekommen sie neue Häuser. Die kleinen Essensrationen müssen wir auch noch mit ihnen teilen und was haben wir davon? Gar nichts! Diese Hinterwäldler kennen nicht einmal das Klo; sie stecken die Butter in die Schüssel hinunter, damit sie frisch bleibt“, schimpften die Einheimischen böse. Ob dies stimmte oder nicht, ich weiß es nicht. Mit Sicherheit kann ich aber sagen, dass ich in meiner Zeit in Vorarlberg nie ein Stück Butter gesehen habe.

Die nationalsozialistischen Behörden hatten weniger Probleme mit uns Südtirolern und fanden für jeden eine Verwendung. Meine Schwester und ich wurden gleich in den Bund Deutscher Mädel eingeschrieben. Meine Brüder kamen in die Hitlerjugend. Der Vater schüttelte den Kopf. Er hatte den Faschismus in Italien miterlebt, der Nationalsozialismus schien ihm nicht besser zu sein, ja er war ihm direkt unheimlich. Einmal hörte ich, wie er leise zur Mutter sagte: „In Leifers, da durften wir zu Hause wenigstens noch reden, was wir dachten. Hier müssen wir ja Angst haben, dass uns unsere eigenen Kinder wegen eines falschen Wortes anzeigen.“ So sprachen meine Eltern in Gegenwart von uns Kindern kein Wort über Hitler und den Nationalsozialismus.

1941, ich war vierzehn Jahre alt, musste ich, gemeinsam mit meiner Schwester, meinen Beitrag für das Deutsche Reich leisten. Über den Bund Deutscher Mädel wurde ich zu einer kinderreichen Familie nach Friedrichshafen an den Bodensee geschickt und verbrachte dort einige Zeit als Haushaltshilfe. „Eine Südtirolerin, du hast mir gerade noch gefehlt“, spie die Bäuerin verächtlich aus, als ich mich vorstellte. „Ihr seid allesamt nur eine billige Bagage, die nichts Besseres zu tun hat, als uns unser Essen wegzufressen. Bei mir wirst du lernen, was richtiges Arbeiten heißt.“ Sie schickte mich fast jeden Tag zum Bach unterhalb des Hofes, um die Wäsche zu waschen. Meine Finger waren ganz blau vom kalten Wasser, aber ich hatte zu schrubben, bis sämtliche Leintücher schneeweiß waren. Die schweren nassen Stoffe mussten dann wieder zum Aufhängen nach oben getragen werden. Ein kleiner Fleck genügte und sie schickte mich sogleich wieder mit dem *Schaff* hinunter zum Bach. Nach Hause fahren durfte ich nicht. Ich arbeitete von früh morgens bis spät abends und die Bäuerin ließ keine Gelegenheit aus, mein Leben noch schwerer zu machen, als es ohnehin schon war. Oft dachte ich an meine Mutter. Sie fehlte mir so sehr.

Wie beneidete ich in dieser Zeit meine jüngere Schwester, die als Kindermädchen in einer anderen Familie untergebracht worden war. Sie brauchte überhaupt keine Hausarbeit zu machen, konnte nur mit den Kindern spielen und spazieren gehen. Für sie war diese Zeit die reinste Freude. „Bei Vater und Mutter durfte ich gar nicht aus dem Haus gehen. Hier spaziere ich mit den Kindern den lieben Tag lang durch die Stadt und treffe so manchen feschen Soldaten, der mir schon von Weitem zuwinkt", lachte sie. Von solchen Dingen konnte ich nur träumen. Als ich wieder heimkam, waren meine Finger ganz knotig und an den Gelenken geschwollen. „Das geht wieder vorbei, Kathi. Schau, jetzt ist diese Zeit vorbei und du hast viel gelernt", meinte meine Mutter. Sie war froh, dass ich wieder gesund nach Hause gekommen war, denn der Bodensee, im Besonderen aber Friedrichshafen, waren zu jener Zeit durch den Flugzeugbau oft Ziel von Luftangriffen. Erst Jahre später erzählte sie mir, wie sie jedes Mal den Rosenkranz für mich gebetet hatte, wenn sie hörte, wie in der Nacht wieder die Bomben über Friedrichshafen abgeworfen wurden. Während der Vater immer strenger wurde, versuchte sie, durch Milde und Zuversicht die Familie zusammenzuhalten. „Man muss die Dinge so nehmen, wie sie kommen. Erst dann kann man etwas daraus machen. Merk dir das, Kathi." „Ja, Mutter."

„Gefällt Ihnen das Kleid denn nicht? Dieses Lavendel passt so gut zu Ihren grünen Augen und dem braunen Haar. Wollen Sie es denn nicht wenigstens einmal probieren?" Die Händlerin ließ nicht locker. Ich sah mir den Stoff an, diese Farbe. Ich glaubte, noch nie eine schönere Farbe gesehen zu haben und verliebte mich sofort in dieses blasse Lila. „Es ..., es ist wirklich wunderschön, Madame. Finden Sie wirklich, dass es mir stehen könnte? Vielleicht könnte ich ja? Nein, nein probieren tu ich es nicht. Aber, ja doch, die Größe würde passen." Dann zog die Händlerin noch eine kleine cremefarbene Handtasche aus glattem Leder aus einem Stoffsack, daneben stellte sie die passenden Stöckelschuhe. „Vielleicht haben Sie ja bald Geburtstag und Ihr Mann könnte Ihnen ein Geschenk machen? Welchem Mann gefällt nicht eine schöne Frau, überhaupt, wenn es die eigene ist." „Ja, vielleicht, aber ich glaube nicht, dass er ... Nein, bestimmt nicht. Das Kleid ist wunderschön, Madame, aber es ist leider nichts für mich."

Die Händlerin lachte. „Ich verrate Ihnen nun ein Geheimnis. Nicht meine Kunden suchen sich die Kleider aus. Meine Kleider bestimmen, welchen Körper sie schmücken wollen. Und dieses lila Kleid hat Sie ausgesucht. Es wird solange warten, bis Sie kommen und es kaufen. Wir haben Zeit. Sie sind ja ein Sternzeichen mit Hörnern, oder etwa nicht?" „Ja, ich bin Widder, aber woher wussten sie das?" „Widder, das ist ja entzückend, ich sehe allerdings noch eine andere Kraft in Ihren Augen. Wie ist denn Ihr Aszendent, wenn ich fragen darf?" „Der Aszendent?", dieses Wort hatte ich ja noch nie gehört. „Was ist denn ein

Aszendent?" „Der Widder ist Ihr Zeichen in der Sonne, der Aszendent aber ist das Zeichen im Mond und das wird im Laufe des Lebens immer stärker werden", erklärte sie mir. „Wenn Sie mir sagen können, wie spät Sie zur Welt kamen, dann kann ich es Ihnen bei unserem nächsten Treffen sagen." Jetzt verstand ich, was sie wollte. Sie wollte, dass ich wiederkommen und das Kleid kaufen solle. Nein, das ging jetzt aber wirklich zu weit. „Danke, aber ich muss jetzt gehen." Ich drehte mich um und ging. „Bis zum nächsten Mal. Sie dürfen auch gerne in Raten bezahlen", hörte ich sie noch rufen, bevor ich in der Menschenmenge untertauchte.

In Feldkirch war mein Leben ganz anders gewesen. 1944, ich war 16 Jahre alt und lernte Verkäuferin. Ein Schulgebäude war zu einem großen Lazarett umfunktioniert worden, sodass es in der Stadt nur so wimmelte von jungen Soldaten der deutschen Wehrmacht, denen entweder ein Fuß oder ein Arm, manchmal sogar beides hatte amputiert werden müssen. Meine Brüder machten sich oft lustig über die mageren hinkenden Figuren, die im Kino während der Wochenschau weinten und dann doch versuchten, bei den Mädchen Eindruck zu schinden.

Wir wussten nichts vom Krieg draußen an der Front. Bei der Hitlerjugend wurde er als großes, spannendes Abenteuer propagiert. Jeder deutsche Soldat war unschlagbar und ein Held. Im Kino wurde in der Wochenschau der Krieg von seiner schönsten Seite gezeigt, wie deutsche, siegreiche Truppen, erobertes Land besetzten. Lachende Soldaten auf Panzern. Die Verwundeten allerdings, die in Fleisch und Blut neben uns saßen, die sahen ganz anders aus. „Ihr könnt euch gar nicht vorstellen, was diese Männer an der Front durchmachen. Als Dank werden sie als arbeitsunfähige, gebrochene Krüppel wieder nach Hause geschickt. Das und nichts anderes ist der Krieg", erzählte mein Vater bitter. Er wusste genau, wovon er sprach, denn er war während des Ersten Weltkrieges als junger Soldat nach Galizien geschickt worden und kam in Gefangenschaft. Erst nach vielen Jahren schaffte er es, in Lumpen gekleidet als Bettler nach Bozen zurückzukommen und musste schmerzlich feststellen, dass man ihn einfach vergessen hatte. „Die Eltern sind gestorben und du warst ja vermisst. Da haben wir das Erbe halt unter uns aufgeteilt, Franz", meinten die Geschwister nur. Das Haus in der Stadt gehörte nun dem Kloster, dem seine Schwester beigetreten war. Die verschickten ihn versehen mit den innigsten Segenswünschen, aber sein Erbteil bekam er nicht. Nur der Onkel in Leifers hatte Mitleid und nahm ihn auf.

Ebenso wie die Soldaten gingen meine Schwester und ich natürlich auch gern ins Kino. Nicht wegen der Nachrichten, sondern wegen der schönen Filme. Aber es war unmöglich, an der Kasse Karten zu bekommen, da die Soldaten stets alle aufgekauft hatten. Wer einen Film anschauen wollte, musste eingeladen werden. Ich wurde immer von Hans eingeladen. Ihm fehlte ein Bein. Er war Fliegerpilot gewesen und abgeschossen worden. Ich mochte ihn sehr. Wir gingen gemeinsam spazieren, er hielt meine Hand. Ich war zum ersten Mal verliebt. Das war eine schöne, aber kurze Zeit. „Kathi, willst du auf mich warten?", fragte er mich eines Tages. „Wir haben den Befehl zum Aufbruch erhalten. Die Alliierten sind auf dem Vormarsch und können nicht mehr gestoppt werden. Wenn alles vorbei ist, komme ich wieder und hole dich zu mir. Bitte warte auf mich." Ich weinte und versprach ihm hoch und heilig, zu warten. Dann ging alles ganz schnell. Innerhalb weniger Tage waren alle deutschen Soldaten weg. Eine unheimliche Stille breitete sich über Feldkirch aus.

„Die Amerikaner kommen, passt auf eure Mädchen auf. Sie schicken als Erstes die Neger aus Afrika", hörte ich die Frauen im Geschäft tuscheln. Und wirklich, die ersten amerikanischen Soldaten, die in Feldkirch einmarschierten, hatten eine Haut so schwarz wie die Nacht und sahen zum Fürchten aus. Ich hatte bis zu diesem Tag ja noch nie einen Schwarzen gesehen. An beiden Armen trugen sie goldene Armbanduhren, die oft sogar bis zu den Ellenbogen reichten. „Das sind Kriegstrophäen. Die haben sie den Toten abgeknöpft", erzählte einer meiner Brüder aufgeregt und wir Geschwister glaubten ihm aufs Wort. Nach den Amerikanern kamen die Franzosen. Auch sie schickten anfangs schwarze Soldaten aus den Kolonien. Die Weißen kamen erst später nach, als sicher war, dass sich kein deutscher Soldat mehr in unserem Gebiet befand. Der Vater verbot uns Kindern, und speziell uns Mädchen, das Haus zu verlassen. Bald hörte man, dass die Schwarzen an jeder Tür klopften und um „Schnapsch" fragten. In Wirklichkeit aber wollten sie nur sehen, ob dort Mädchen versteckt wurden.

Um das Vertrauen zur deutschen Bevölkerung aufzubauen, erhielten die Soldaten den Befehl, die Zivilbevölkerung in Ruhe zu lassen, und das taten sie auch. Meine Schwester war ganz entzückt von diesen französischen, jungen, gesunden Männern mit der singenden Sprache. „Endlich mal jemand, wo noch alles dran ist", schwärmte sie. Es dauerte nicht lange, bis sie mit ihnen ausging. Mein Vater wurde fuchsteufelswild, als er dies bemerkte und schlug mit der Faust auf den Tisch. „Trudi, das ist kein Spaß. Du bleibst zu Hause oder du wirst meinen Stock zu spüren bekommen“, warnte er. Doch das war meiner Schwester egal. Sie wollte endlich leben und sich vergnügen. Wenn er sie im Bad einschloss, kletterte sie einfach durch das Fenster wieder hinaus in den Hof und war weg. Mutter versuchte, zu vermitteln. „Die Trudi ist halt einfach im Denken ein Kind geblieben. Seit sie als kleines Mädchen einmal beim Spielen mit dem Kopf hart auf den Boden aufgeschlagen ist, hat sie nur noch wenig dazu gelernt“, seufzte sie.

Trudis Lebenslust blieb nicht ohne Folgen. Schon bald erwartete sie ein Kind von einem Franzosen. „Diese Südtiroler Huren, von denen kann man ja nichts anderes erwarten“, witzelten die Vorarlberger. Besonders laut taten sie es, wenn mein Vater in der Nähe war. Er war außer sich vor Zorn. „Wenigstens bist du nicht so wie deine Schwester. Eine Schande reicht. Lass dich ja nicht mit diesen Soldaten ein, versprich es mir!“ Ich mied jeden Uniformierten, schaute zu Boden, wenn ich Soldaten auf der Straße sah und dachte an Hans, der doch hoffentlich irgendwann kommen und mich holen würde. Die Besatzer hatten allerdings noch lange nicht vor, Vorarlberg zu verlassen. Aber was verstand eine 17-Jährige schon von Politik.

1946, der Krieg war zwar vorbei, die Zeiten wurden jedoch nicht besser, sondern noch schlechter. War die Versorgung und Verteilung der Lebensmittel durch Lebensmittelkarten während des Krieges wenigstens noch etwas organisiert gewesen, so gab es jetzt gar nichts mehr. Die Frauen tauschten bei den Bauern auf dem Land ihre letzten Schmuckstücke für ein paar Kartoffeln. Die Alten bettelten auf der Straße, und was nicht niet- und nagelfest war, wurde gestohlen. Wir hatten Geldscheine, doch es gab nichts, wofür man sie hätte eintauschen können. Meine Brüder streiften oft stundenlang durch den Wald, um einen morschen Baum oder einige trockene Äste zum Heizen zu finden. Oft gingen sie zum Bach, genau an jene Stelle, wo die französischen Soldaten ihr Quartier hatten und machten sich bemerkbar. Die Soldaten schrien, sie sollten verschwinden und warfen ihnen leere Fleischkonserven nach. Aber genau darauf hatten sie gewartet, denn an den Wänden der Dosen klebte noch die Fettschicht des Fleisches; was für eine Köstlichkeit. Und manchmal wurden sie sogar mit einer vollen Konserve beschossen; das war dann ihr Tagesgewinn.

Mutter wusch einigen Soldaten die Wäsche. Sie bekam jedes Mal eine Seife mit und ging so sparsam damit um, dass immer ein kleines Stückchen übrig blieb. Da niemand aus der Zivilbevölkerung in dieser Zeit Seife besaß, wurde sie wertvoller als viele Schmuckstücke gehandelt, und meine Mutter konnte sie leicht bei den Bauern für Lebensmittel eintauschen. Die schmutzigen Uniformen brachte immer ein kleiner, schwarzhaariger Soldat, der sie einige Tage später wieder abholte. Er stammte aus der Hafenstadt Marseille, doch seine Eltern waren Italiener. Zum Kriegsdienst hatte er sich nur gemeldet, weil Frankreich jedem seiner ausländischen Soldaten die Anerkennung der französischen Staatsbürgerschaft zugesichert hatte. Mit Mutter sprach er Italienisch. „Ich bin Mario", lächelte er mich an. Ich lächelte nicht und schaute nur verlegen auf den Boden; schließlich war der Mann zwanzig Jahre älter als ich. Doch mein Verhalten sollte sich bald ändern.

Er hatte schwarze Haare, sein Witz und sein Charme zogen alle Mädchen in unserem Viertel in den Bann. Wenn er grinste, dann blitzte ein goldener Backenzahn aus seinem Mund, und alle mussten lachen mit diesem kleinen, mageren Mann, der mal französisch und mal italienisch redete. Eines Tages lud er mich ins Kino ein. Meine Mutter vertraute ihm und sagte ja. Ich war glücklich, wieder einmal ausgehen zu dürfen. Wir trafen uns nun des Öfteren, bis er mich in sein Zimmer einlud und ohne wirklich zu verstehen, was geschehen war, wurde auch ich schwanger. „Ich glaub es nicht!“, wetterte mein Vater. „Jetzt auch noch die Zweite. Was, lieber Gott, muss eigentlich noch alles geschehen, damit wir endlich in Frieden leben können. Der Erste ist ein Franzos, der Zweite muss ausgerechnet ein *Walscher* sein. Dieses Land hat uns nur Unglück gebracht. Je früher wir nach Südtirol zurückkommen, desto besser!“

Ich wusste anfangs nicht, wie ich es Mario sagen sollte. Doch ihn schien dieses Missgeschick, wie er es nannte, gar nicht zu stören. Im Gegenteil. „Kathi, wir gehören zusammen. Du kommst mit mir nach Frankreich. Dort scheint immer die Sonne, es ist warm, du kannst das Meer sehen. Dem Kind wird es an nichts fehlen. Dir ergeht es nicht so, wie deiner Schwester mit ihrem ledigen Balg, diesem Besatzungskind. Wir zwei bleiben zusammen. Ich brauche eine fleißige Frau wie dich.“

Im Juni 1947 kam das Kind zur Welt. Es war ein Mädchen und wir nannten es Pierrette – Petra. Mario hatte seine Zeit beim französischen Heer abgeleistet, und es wurde Zeit für ihn, zurück nach Frankreich zu fahren. Wenige Wochen vor der Abreise saß ich mit meinen Eltern in der Küche und war nur noch ein Häuflein Elend. „Mutter, was soll ich tun? Wie soll ich in einer fremden Welt mit einem kleinen Kind zurechtkommen. Ich weiß ja gar nicht, wie das geht und es gibt niemanden, den ich fragen könnte.“ Ich war verzweifelt. Vater hielt das Mädchen im Arm und wiegte es sanft hin und her. „Bleibst einfach bei uns“, flüsterte er dem Kind zu. „Jetzt haben wir schon so viel hinter uns gebracht, dann werden wir es mit so einem kleinen Mädchen auch noch aufnehmen können“, meinte er und knuffte die Kleine leicht am Ärmchen. Pierrette gluckste, und es war, als würde mit ihrem Lächeln feines Sonnenlicht durch den sorgenschwarzen Wolkenhimmel strahlen, direkt in sein Herz. So startete ich ohne Kind allein mit meinem Mann Mario in die neue fremde Heimat.

Mein Aszendent und das blaue Kleid ließen mir keine Ruhe mehr. Bei der Arbeit auf dem Feld, in der Küche, sogar in der Nacht träumte ich von der alten Händlerin und diesem Kleid. Aber ich selbst hatte nichts, und Mario würde niemals im Leben so viel Geld nur für ein Kleid ausgeben. Nicht zu vergessen, die Handtasche und die Schuhe. Dennoch fasste ich all meinen Mut zusammen: „Mario, weißt du, die Händlerin am Markt, die mit den Kleidern. Sie hat mit mir gesprochen und …“ „Ja, hat sie? Sicher wollte dir die verrückte Alte eines ihrer Kleider andrehen. Aber wozu solltest du so etwas brauchen? Willst du damit etwa hinunter ins Dorf ins Spielcasino? Sie will dich nur verführen in eine Welt, die du nicht kennst und die nicht gut für dich ist. Von dieser Frau will ich nichts mehr hören. Basta!“

Vor dem Krieg war Mario Geschäftsmann gewesen, der mit dem Handel von Obst und Gemüse aus Algerien ein beträchtliches Vermögen gemacht hatte. Er war bereits einmal verheiratet gewesen. Seine erste Frau war wunderschön, ihre Familie aber völlig verarmt. „Ich will und werde nicht so jämmerlich leben wie ihr“, beschimpfte sie ihre Eltern. „Alle lachen mich aus, weil Vater sogar die Schlangen mit nach Hause bringt. Diese ekelhaften Würmer fresse ich nicht. Ich will reich sein, Schmuck und schöne Kleider tragen, und ich will mit den schönsten Autos fahren!“

Mario verliebte sich unsterblich in die junge Schönheit und war überzeugt, ohne sie nicht mehr leben zu können. Wie der Prinz seiner Prinzessin machte er ihr auf Knien einen Heiratsantrag. „Heiraten? Ja meinst du denn, wir können uns das leisten?“ „Natürlich! Die Geschäfte laufen gut. Wir werden in der schönsten Villa von Sainte-Maxime leben. Du sollst alles bekommen, was dein Herz begehrt.“ „Alles? Das klingt ja so gut, Mario. Aber ich bin nur ein armes, dummes Mädchen. Wie kann ich wissen, dass du dein Versprechen auch wirklich hältst?“ Mario überlegte nicht lange: „Ich gebe es dir schwarz auf weiß. Sollten wir uns jemals trennen, dann gebe ich dir die Hälfte von meinem Vermögen. Davor habe ich keine Angst. Heirate mich.“ Erst als der Vertrag aufgesetzt und unterschieben war, gab sie ihm das Jawort.

Mario arbeitete hart, ersann neue Geschäftsideen und war erfolgreich. Sie konnten sich die teure Villa am Meer leisten und kauften ein schickes Auto. Doch soviel er auch verdiente, sie gab es immer noch schneller aus. „So geht das nicht. Wir müssen auch an schlechtere Zeiten denken. Es wird vielleicht Krieg geben. Wer weiß, was dann geschieht“, mahnte er seine Frau. „Dann habe ich wenigstens etwas vom Leben gehabt“, lachte sie. Bald stritten die beiden nur noch, bis er schrie: „Du bist mein Ruin. Ich lasse mich scheiden!" „Gut, wenn du dich von mir scheiden lassen willst, kannst du es gerne tun. Dann aber gilt unser Vertrag. Ich bekomme die Hälfte von allem!", schrie sie zurück. Das Gericht bestimmte die Teilung. Der Grund, den er für einen speziellen Weinanbau angekauft hatte, wurde geteilt. Das Auto bekam die Frau, er behielt die Einrichtung der Wohnung. Nach der Bezahlung von Gericht und Rechtsanwalt war von seinem einstigen Vermögen nicht mehr viel geblieben. Als er in die Armee eintrat, besaß er nur noch einen zwei Hektar großen Weinacker oberhalb von Sainte-Maxime, den er für zehn Jahre an einen Bauern verpachtet hatte, und die Einrichtung des Esszimmers. „Nie wieder werde ich mich von einer Frau so erniedrigen lassen", schwor er sich. „Sie muss nicht wunderschön und anmutig wie eine Fee sein. Aber sie muss hart arbeiten und sparen können. Und ich werde ihr nie mehr als gerade das Nötigste zum Leben geben."

Als mich Mario nach Sainte-Maxime in die Provence holte, war ich sprachlos vor Glück. Wir wohnten in einer großen hellen Wohnung mit Blick auf das Meer. Ich war von der Einrichtung seines Esszimmers, den eleganten dunklen Möbeln sehr beeindruckt. Und er besaß den Weinacker oberhalb des Dorfes. Ich hingegen besaß nichts, außer einem kleinen Köfferchen, das nichts weiter enthielt als ein Kleid. Das Zweite trug ich am Leib.

„Ich habe eine großartige Idee, Kathi. Du wirst sehen, wir werden damit viel Geld verdienen. Aber es wird auch viel Arbeit sein." Er holte tief Luft und erklärte: „Wir werden Bauern." „Bauern? Was soll an einem Bauern besonders sein? Ich verstehe nicht ganz, was du meinst." „Ach, meine junge dumme Kathi, sieh dich hier um. Die Franzosen sind ein Herrenvolk, sie wollen nicht mit ihren Händen die schmutzige Erde berühren. Hier in dieser Region lassen sie nur Wein anbauen. Das Obst und das Gemüse aber kommt mit den Schiffen aus Algerien. Oft ist die Ware gut, viel zu oft aber auch nicht. Genau das ist unsere Chance. Wir müssen heimisches Gemüse anbauen. Die Ware ist dann frisch vom Feld und schmeckt."

Ich hatte mir zwar nicht vorgestellt, an der Côte d'Azur Bäuerin zu werden, aber nach all den Jahren der Entbehrungen und des Hungers kam mir gar nicht in den Sinn, gegen meinen Mann das Wort zu richten. Zudem hatte ich sowieso keine Wahl. Die erste Freude verflog schnell. Alles in diesem Land war anders und fremd. „Unterstehe dich, auch nur ein einziges Wort deutsch zu sprechen. Die Franzosen hassen die Deutschen, egal ob Mann oder Frau, jung oder alt. Merk dir das gut. Wenn dich jemand fragt, dann bist du eine Italienerin, die an der Grenze zu Österreich gewohnt hat. Daher dein Akzent. Die Italiener sind hier zwar auch nicht besonders beliebt, aber damit können wir leben. Ach, am besten ist, du sagst gar nichts, wenn du angesprochen wirst, und lässt mich reden", schärfte mir Mario ein. Ich verstand nur eines: Wenn ich hier glücklich werden wollte, musste ich sofort Französisch lernen. Nicht Schulfranzösisch, sondern den Dialekt der Einheimischen. Doch außer Mario kannte ich niemanden, der mir hätte helfen können.

Einige Wochen nach unserer Ankunft lud er mich in ein Tanzhaus ein. Wir tanzten, und ich schwebte im siebten Himmel. „Alles wird gut", dachte ich, „er ist ein guter Mann." Plötzlich kam ein Betrunkener an unseren

Tisch, machte mir schöne Augen und lallte immerfort zu Mario. Ich verstand nicht, was er sagte, doch Marios Gesicht wurde ganz rot vor Zorn. Plötzlich sprang er auf: „Wir gehen, komm!“ Der andere bog sich vor Lachen. Mario war außer sich vor Wut. „Er wollte wissen, ob ich dein Vater sei. Er hätte sonst auch Interesse an dir jungem Ding.“ Er schimpfte und schrie: „Du wirst nie wieder in ein Tanzhaus gehen. Hast du gehört. Du bleibst ab jetzt zu Hause, denn du gehörst mir und nur mir allein. Du wirst mit mir auf dem Feld arbeiten. Harte Arbeit ist eine gute Medizin gegen allerlei dumme Gedanken. So vergeht dir die Lust aufs Tanzen automatisch.“ Ich war überzeugt, er würde sich wieder beruhigen. Aber da kannte ich meinen Mann schlecht. Seit dieser Nacht bin ich nie wieder in einem Tanzhaus gewesen; stattdessen habe ich ganze Jahrzehnte auf dem Feld verbracht. Ich hatte bis zu diesem Zeitpunkt auch gar nicht bemerkt, dass er schon längst graue Haare hatte und diese nur dunkel färben ließ. Auch dies hörte nun auf, denn er wollte sich die Haare nicht mehr färben. Vom Tragen der Mütze und des Helms war das Haupthaar ausgefallen. So wurde mein stolzer Soldat innerhalb von zwei Monaten zu einem Mann, der wirklich mein Vater hätte sein können. Der Goldzahn kam mir nun nicht mehr so glänzend vor, vielmehr unterstrich er unseren Altersunterschied von zwanzig Jahren.

Zwei Wochen lang hatte ich beim Markt jedes Mal einen großen Bogen um den Stand der Händlerin gemacht. Doch mein Entschluss stand nun fest. Ich wollte dieses Kleid haben. Ich arbeitete nun schon seit über zwei Jahren jeden Tag von früh bis spät auf dem Acker. „Ich habe mir dieses Kleid verdient“, redete ich mir ein. „Wenn er mir das Geld nicht geben will, dann muss ich es mir eben nehmen. Und ich will auch wissen, welchen Aszendenten ich habe, und was es mit den Sternzeichen auf sich hat." Heute war wieder Markt. Die alte Händlerin winkte mir schon von Weitem zu. „Na, wie geht es Ihnen, haben Sie sich mein Angebot überlegt?" „Nun ja. Ja, ich möchte dieses Kleid schon kaufen. Aber ich kann nicht alles auf einmal bezahlen. Und ich bin um fünf Uhr morgens geboren." Sie lachte, dann nahm sie ein altes verschlissenes Büchlein und blätterte es langsam durch. „Gut," murmelte sie schließlich, „sehr gut. Sie haben einen starken Aszendenten, Steinbock. Den brauchen Sie in diesem Land, der liebe Gott hat es gut mit Ihnen gemeint." Davon war ich in diesem Moment zwar nicht überzeugt, aber ich wollte ihr auch nicht widersprechen. „Was das Kleid anbelangt, so bringen Sie mir einfach jede Woche das, was Sie haben." Ich war überglücklich und hatte das Gefühl, zum ersten Mal etwas zu besitzen, das nur mir ganz allein gehört. Trotzdem musste ich Sie bitten, das Kleid noch einige Zeit für mich aufzubewahren, weil ich mich nicht traute, es mitzunehmen.

„Kathi, wir können nicht in dieser Wohnung bleiben. Das ist zu teuer. Wir ziehen aus. Für die Esszimmereinrichtung ist in unserem neuen Haus kein Platz mehr. Ich habe sie dem Maurer gegeben." „Aber wohin werden wir gehen?", wollte ich wissen. „Na, hinauf nach Cante Cigale." „Nach Cante Cigale? Aber da steht doch nur die Baracke" „Was heißt hier nur die Baracke? Der Maurer hat mir für das Esszimmer dieses Haus gemauert. Auf dem Grund gibt es eine Wasserquelle. Wasser, das Gold des Südens, ist mehr wert als tausend schöne Wohnungen oder Esszimmer. Meine erste Frau hat das zum Glück auch nicht verstanden, sonst hätte ich ihr diesen Grund wahrscheinlich auch noch geben müssen. Kathi, es ist ja nur für kurze Zeit. Wirst sehen, in ein paar Jahren können wir uns dort ein schönes Haus bauen. Dann kannst du aufs Meer schauen, wann immer du willst. Jetzt aber müssen wir zwei zusammenhalten."

Er hatte ja recht. Mir fiel der Brief meiner Mutter ein, in dem sie schrieb, dass es meinem Mädchen gut ginge, die Familie aber immer noch jedes Stückchen Brot genau einteilen müsse. Das Leben in Feldkirch war für sie ein täglicher Kampf ums Überleben geblieben. Ich hingegen hatte in Frankreich noch keine Minute Hunger leiden müssen und durfte nicht undankbar sein. „Ja, Mario, wir zwei, wir halten zusammen."

Eine Woche später zogen wir um. Wir gingen mit unseren wenigen Sachen hinauf bis zum Ende des Dorfes. Hier endete die Straße. Auf einem einfachen mit roter Farbe handbemalten Holzschild, das an eine alte knorrige Eiche genagelt war, stand der Name meines neuen Zuhauses: „Cante Cigale". Nur ein schmaler Pfad führte durch dichtes hüfthohes dorniges Gestrüpp einige hundert Meter hinunter, machte dann eine Linkskurve und nach weiteren zweihundert Metern endete er bei der Baracke. Diese stand in einer etwa zwei Hektar großen hügeligen Senke, die sich zum Meer hin öffnete und auf zwei Seiten von einem dichten Wald aus Pinien und Korkeichen umgeben war. Zur Dorfseite hin stand etwas höher gelegen eine Villa mit Schwimmbad und einer Parkanlage, wie ich sie noch nie gesehen hatte. Wir schauten hinunter auf das Schwarz des Meeres und auf die Sonne, die sich im Wasser spiegelte. Am Horizont fuhren große weiße Schiffe vorbei. „Schau, da, auf der rechten Seite, da liegt Saint-Tropez", erklärte mir Mario.

„Ist es nicht wunderschön hier?“ Ja, der Ausblick war wirklich ein Traum, die Baracke hingegen ein Albtraum.

Wir gingen den Pfad hinunter und mit einem festen Tritt schubste er die Holztür auf. Eine Wand trennte das Schlafzimmer von der Küche. In dieser standen ein einfacher Herd, der zum Kochen und Heizen diente, ein Tisch und mehrere Stühle. Es gab weder eine Toilette noch eine Dusche. Ich musste lachen, denn mir fiel wieder die Vorarlberger Geschichte mit der Butter ein. So neckisch konnte das Leben sein. Hier hatte ich genug Butter, aber eben leider kein Klo, wo ich sie hätte reinstecken können. Etwa 30 Meter entfernt, mitten im Gestrüpp, entsprang die Quelle. Das Wasser floss in einem schmalen Kanal, dessen Ufer von dichtem Bambus bewachsen war, in Richtung Meer. Jedes Mal, wenn ich Wasser holte, musste ich vorher mit einem Stock die Schlangen und Frösche, die sich in dem Dickicht tummelten, vertreiben. Zwischen dem Bambus, der links entlang verlief, hatte Mario zehn Meter weiter eine kleine Fläche freigeschaufelt, vier Bambusröhren aufgesteckt und einen Kübel hineingestellt – das war unsere Toilette.

Knapp die Hälfte der Fläche war Marios Weinacker, der bereits vor dem Krieg angelegt worden war. Er war noch mehrere Jahre verpachtet. Der Rest des Landes war zwar frei von Bäumen, aber es musste noch urbar gemacht werden. Wir hackten und schnitten das dichte dornige Gestrüpp aus. Mit einem kleinen Pflug pflügten wir die harte rote Erde um. Ich war vorne und zog, er war hinten und schob. Wenn es zu langsam ging, dann schrie und schimpfte er, ich solle mich nicht so anstellen.

„Du bist ein Verrückter, ein Leuteschinder, ein richtiger Unmensch. Wie kannst du nur deine Frau an den Pflug spannen wie einen Ochsen", schimpften die Leute im Dorf. Sie mochten Mario überhaupt nicht. Für sie war er nur ein Italiener, kein richtiger Franzose. Hatte keinen Stil, kein Benehmen, ihm war nichts zu dumm. Aber er war schlau wie ein Fuchs und arbeitete hart. Letzteres verlangte er ohne Widerrede auch von mir. Unten im Dorf hatte er von einem Franzosen einen Acker gepachtet, auf dem er Artischocken pflanzte. „Können wir uns die Pacht für so ein großes Feld überhaupt leisten?", wunderte ich mich. „Ach was, er bekommt keinen Centime von mir. Lässt das Feld ja doch nur verwildern, seit er keine Sklaven mehr aus den Kolonien bekommt. Ich gebe ihm jede Saison drei Kisten Artischocken, und wenn er das Feld wieder haben will, dann bekommt er es gleich nach der Ernte zurück. So macht man Geschäfte."

Wir waren in der Baracke, ich kochte gerade, er saß am Tisch und rechnete. „Ja, das geht sich aus", freute er sich, „ich habe die Artischocken früher als üblich gesetzt, dafür aber nur die Hauptfrucht stehen lassen und die Triebe rund herum weggeschnitten. Der Geschmack ist gut, auch wenn ich das Feld nur mit Meereswasser habe fluten können. Diese Artischocken werde ich noch vor der Algerienware zur Weihnachtszeit auf den Markt bringen können", freute er sich und rieb sich die Hände. In der Küche stand mittlerweile eine alte Kommode, die er vom Sperrmüll mitgenommen hatte. Auch wenn wir nur zwei Räume hatten, sah es fürchterlich unordentlich aus. Überall standen Töpfchen mit Samen. „Lass mir ja die Tomaten in Ruhe, ich habe die richtige Sorte noch nicht gefunden.

Die Samen auf der Kommode müssen im Frühjahr alle ausgesetzt werden. Wäre doch gelacht, wenn nicht die richtige Tomate für den exklusiven Gaumen der Franzosen darunter wäre", schmunzelte er siegessicher. „Sie muss fest und rund sein, eine kräftige rote Farbe und einen süßen Geschmack haben."

Wie geplant konnte Mario seine Artischocken vor Weihnachten ernten. Mit einer großen Kiste voll Früchte ging er zum Bus und fuhr nach Saint-Tropez. Da er keinen eigenen Stand auf dem Markt hatte, stellte er die Kiste einfach auf den Boden und begann laut zu schreien. „Frische heimische Artischocken aus Sainte-Maxime! Was wäre Weihnachten ohne Artischocken. Kommt und schaut euch dieses Gemüse an. Es ist von bester Qualität und stand heute Morgen noch auf dem Feld. Kommt und schaut!" Mit einem Messer schnitt er eine Artischocke auseinander, sie war frisch und saftig. Schon bald kamen die Leute und bestaunten die Frische der Frucht. Die alteingesessenen Händler beobachteten genau, was sich vor ihren Augen abspielte. Da stand ein magerer, kleiner weißhaariger Mann mit einer Baskenmütze auf dem Kopf, der aussah wie der Filmkomiker Luis de Funès, gestikulierte wild mit den Armen und schrie lauthals und frech in die Menge hinein. Das Gemüse, das er verkaufte, lag ohne Dekoration in einer einfachen Holzkiste, die auf der Erde stand. Und erst der Preis, den er verlangte. 100 Francs für eine Artischocke. „Das ist Wucher. Den Preis bezahlen die Leute niemals. Ihr werdet sehen, der kann mit seiner vollen Holzkiste wieder zurückgehen, woher er gekommen ist", spotteten sie. Aber sie hatten sich getäuscht. Bis zum Mittag war die Kiste leer. Mario fuhr mit dem Bus wieder nach Sainte-Maxime zurück und musste versprechen, nur ja schnell wieder mit dem nächsten Bus und einer vollen Kiste Artischocken nach Saint-Tropez zurückzukommen.

Jedes Mal, wenn er vom Markt kam, leerte Mario seine gesamten Einnahmen auf dem Bett aus. Es gefiel ihm, einen Haufen Scheine auf seiner Bettdecke zu sehen und darin zu wühlen. Dann begann er, sie zu sortieren und zu zählen. Manchmal allerdings ließ er das Geld auch einfach bis zum Abend liegen. Das war die Gelegenheit. Schnell nahm ich ein paar Scheine und steckte sie ein. Es waren immer nur kleine Scheine und niemals so viel, als dass er Verdacht hätte schöpfen können. Das Geld brachte ich dann zur alten Händlerin, die es nahm, zählte und notierte. Sie erzählte mir von der Provence, den Sitten und Gebräuchen dieses Landes. Das Wichtigste aber war, dass sie mich lehrte, wie die Einheimischen zu sprechen. „Hab keine Angst vor den Menschen hier. Sie kennen deinen Mann und sie wissen genau, wie er dich schuften lässt“, sagte sie eines Tages zu mir.

Ich hatte schon längst verstanden, dass Mario von den Dörflern, besonders aber von den Markthändlern regelrecht gehasst wurde. Immerfort musste er schreien, mit jedem streiten und in allem Recht haben. Die Dorfleute hatten Mitleid mit mir, weil ich nur zum Einkaufen ins Dorf gehen durfte, immer nur zu Boden blickte und nie den Mund aufmachte. Aber hätten sie das gleiche Mitleid gezeigt, wenn sie gewusst hätten, dass meine Muttersprache deutsch war? Und noch schlimmer, dass ich freiwillig von Italien ins Deutsche Reich, dem Erzfeind der Franzosen, ausgewandert war? Nein, sie hätten mich wahrscheinlich noch mehr verachtet als meinen Mann. So sagte ich der Händlerin nur: „Ich bin eine einfache Italienerin und sehr schüchtern. Ich getraue mich nicht, mit den Leuten zu reden." Dann wechselte ich schnell zu einem weit interessanteren Thema – den Sternzeichen.

„Ich will, dass Pierrette zu uns kommt. Die Kleine wird bald drei Jahre alt und ist immer noch bei deinen Eltern. Sie muss endlich Französisch lernen. Sobald es geht, fahre ich mit dem Zug nach Vorarlberg und hole sie heim." Seit meiner Ankunft in Sainte-Maxime waren über zwei Jahre vergangen. Meine Tochter habe ich in dieser ganzen Zeit nicht gesehen, die Reise wäre zu teuer gewesen. Ich vermisste sie und zugleich auch nicht, denn das Kind war mir fremd und ich hätte sowieso keine Zeit für sie gehabt. „Ich werde schon jemanden finden, der mir auf dem Feld hilft. Dann kannst du dich um das Mädchen und den Haushalt kümmern", meinte Mario bestimmt. „Schreib deinen Eltern einen Brief. Gleich nach der nächsten Ernte fahre ich nach Feldkirch."

Er kam jedoch nicht nur mit Pierrette zurück. Vom Feld aus sah ich plötzlich meinen Vater, wie er mit Mutter, der kleinen Etti und meinem jüngsten Bruder oben am Weg stand und in die Senke blickte. Ich war einfach nur glücklich, meine Familie wiederzusehen, meine Eltern dagegen konnten nicht glauben, in welcher Wildnis ich gelandet war. Das stachelige Gestrüpp, der trockene rote Boden, die Baracke, die wir unser Zuhause nannten. Sie waren fassungslos.

Am meisten aber störte meinen Vater das Wasserloch. Umgeben von hohem Bambus und völlig ungeschützt vor Insekten und anderen Tieren, kam es im Sommer immer wieder vor, dass Schlangen und andere Tiere ums Loch krochen, um zum Wasser zu kommen. Voller Abscheu vor diesen Viechern baute er einen Deckel, der auf das Loch gelegt und mit einer Eisenstange leicht wieder verschoben werden konnte. „So, wenigstens das ist gemacht", meinte er dann, und ich verstand sofort am Ton seiner Stimme, dass er Mario vorwarf, nicht einmal für sauberes Wasser sorgen zu können. Die ganze Zeit über bastelte er am Haus, verbesserte das eine, festigte das andere und versuchte, bis zum Tag der Abreise wenigstens das Haus etwas solider für den Winter herzurichten. Mario lachte nur. „Hier gibt es ja gar keinen Winter, aber dein Vater soll tun, was er will. Hauptsache, es wird gearbeitet."

Einmal beobachtete ich Vater vom Haus aus und sah, wie er sich langsam um sich selbst drehte und dabei die Umgebung betrachtete. Als sein Blick beim Haus ankam, blieb er stehen. Die Hände in die Hosentaschen gesteckt, schaute er es lange an und wendete sich dann zum Meer hin. Nach einer Weile drehte er sich wieder um und ging auf das Haus zu. In der Küche sah er mir direkt in die Augen und sagte: „Nur wegen der Kleinen musst du nicht hier bleiben. Komm zurück nach Hause, das ist doch kein Leben für dich." Doch ich konnte nicht zurück, und ich wollte es auch nicht. Ich wollte einfach nicht so enden, wie meine Schwester mit ihrem ledigen Kind, auf die alle mit dem Finger zeigten und sagten: „Dieses dumme Südtiroler Mädel. Hat wohl geglaubt, etwas Besseres zu sein. Jetzt hat sie, was sie verdient."

Ich war nicht wie sie, ich musste beweisen, dass ich sehr wohl auch mit einem französischen Soldaten eine glückliche Ehe führen konnte. „Bis dass der Tod euch scheidet." Ich wollte es meinen Eltern, nein, ich wollte es allen zeigen, dass das möglich war. Schließlich war ich jung, gesund

und stark. Ich getraute mich nicht, ihm in die Augen zu schauen, als ich antwortete. „Ach Vater, ich fühle mich hier wohl. Sieh, das Meer, es ist so schön, mein Mann ist hier. Wir schaffen das, wirst sehen, alles wird gut." Er sah mich lange nachdenklich an, dann drehte er sich um und ging. Dabei schüttelte er schweigend den Kopf.

Meine Mutter hatte auch nachgedacht und einen Plan geschmiedet. Sie half mir, wo sie nur konnte, mit der Wäsche, in der Küche, bei dem Mädchen. Ich war den ganzen Tag mit Mario auf dem Feld.

Mein jüngster Bruder würde in Frankreich bleiben, damit Pierrette nicht ganz allein war und wenigstens einer deutsch mit ihr sprechen konnte. Zudem hatte mir meine Mutter erzählt, dass er in Vorarlberg in Kreise geraten war, die dem Vater gar nicht gefielen. Als Gehilfe in einer Gärtnerei, bei der auch Kriegsgefangene arbeiteten, war der Zwölfjährige bei dubiosen Tauschgeschäften gesehen worden. „Bleib bei deiner Cousine und rede deutsch mit ihr. Sollte Kathi mit der Kleinen einmal zurückkommen, dann hat sie wenigstens unsere Sprache nicht verlernt", meinte der Vater entschlossen. In Wirklichkeit aber war er froh, dass die Kinder hier wenigstens keinen Hunger mehr leiden mussten. Nach einem Monat reisten meine Eltern wieder ab.

Mario allerdings hatte ganz andere Pläne mit meinem Bruder. Meine Eltern waren noch nicht einmal im Dorf unten angekommen, da stand der Bub in seiner einzigen kurzen Hose, die weit von seinen mageren Beinen abstand, mit einem Pickel in der Hand bereits bei ihm auf dem Feld. Pierrette hatte jetzt italienisch und französisch zu lernen. „Nix Knedel, nix Kartoffen, nix deutsch!" waren seine ersten und einzigen Worte, die er auf Deutsch zu den Kindern sagte. Mein Bruder blieb ein ganzes Jahr lang bei uns und auch in den kommenden Jahren kam er wieder, um bei der Feldarbeit zu helfen. Mario wäre es recht gewesen, wenn er hier in Frankreich eine Frau gefunden und für immer geblieben wäre. Doch mein Bruder hatte verstanden, dass er dann ein Leben lang nur Marios Knecht gewesen wäre. Auch wenn er Südfrankreich mochte, so war die Heimat seines Herzens Südtirol.

1955 war es soweit. „Heute kann ich mein Kleid endlich mit nach Hause nehmen, unser neues Haus ist fertig", strahlte ich die Händlerin an. Behutsam, so als könne der Stoff leicht zerfallen, schlug die Frau meinen seidenen Traum in Papierbögen ein, legte sorgfältig Schuhe und Handtasche dazu. Sie überreichte mir festlich das Paket, das ich stolz nach Hause trug und dann versteckt wie Diebesgut unter Milch und Brot in das neue Haus schmuggelte. Neben der Baracke stand nun ein zweistöckiges Haus mit zwei ebenerdigen Vorratsräumen, der ostseitige für unser Gemüse, der nordseitige für Marios Wein. Auf der Südseite zum Meer hin lag die Wohnung, im ersten Stock wurde eine Ferienwohnung eingerichtet, denn die Bucht war mittlerweile berühmt geworden.

Mit Brigitte Bardot und Gunter Sachs war der Golf von Saint-Tropez zum Pflichtprogramm der Reichen und Schönen geworden. Filmschauspieler, Künstler, Industrielle, jeder, der es sich leisten konnte, musste sich hier sehen lassen. Traumvillen im provenzalischen Stil mit Schwimmbädern und eigenen Hubschrauberlandeplätzen schmiegten sich nun dezent und uneinsehbar in die Hügellandschaft; im Hafen protzten Jachten und Schiffe an Höhe und Luxus in ihrem strahlendsten Weiß um die Wette. Als schließlich die Filme mit Louis de Funès gedreht wurden, nahm der

Tourismus endgültig volle Fahrt auf; das Nachkriegs-Mekka des Spaßes und der Lebenslust war geboren.

Wir hatten nun eine Küche, ein Wohnzimmer, zwei Schlafzimmer, eine Toilette und eine Dusche, die jedoch nicht benutzt wurde, da das Brunnenwasser viel zu kostbar war, um es mit Körperpflege zu verschwenden. Gewaschen wurde nach alter Sitte mit Waschlappen und einer Schüssel warmem Wasser. Das Schönste allerdings war, dass ich einen eigenen Schrank bekommen hatte. Er war ganz schlicht, weiß, er hatte einen Schlüssel, den ich gut versteckte. Hier fand das Kleid nun endlich seinen Platz. Mario war das gleichgültig, sein Leben war die Arbeit. Wir legten uns mehrere Hühner zu, hatten Katzen, Vögel und einen Hund. Wir bearbeiteten nun mehrere Felder und brauchten Arbeitskräfte, aber Mario wollte kein Geld dafür ausgeben. Er heuerte Landstreicher an und gab ihnen neben einem Bett zum Schlafen und den Mahlzeiten eine Packung Zigaretten pro Tag. Meist waren dies ehemalige Soldaten, die in der Fremdenlegion im Indochinakrieg gekämpft und gemordet hatten und schließlich verrückt geworden waren. Für die Kriege der Welt unbrauchbar geworden, brachte man sie nach Frankreich zurück und überließ sie sich selbst und ihren Albträumen. Sie hielten es nie lange bei uns aus, denn Mario ließ jeden von frühmorgens bis spät in die Nacht schuften und fand immer wieder Gründe, zu toben und zu schreien wie ein Verrückter. Aber irgendwie fand er immer Ersatz. Ich hatte mittlerweile noch einen Jungen zur Welt gebracht – Jean Pierre, Hans Peter.

Meine Eltern waren nach zwölf Jahren wieder nach Leifers zurückgezogen. Der Freund meines Vaters hatte unser

Haus halten können, doch lebten hier mehrere italienische Familien, die gar nicht daran dachten, auszuziehen. Als Staatenlose besaßen meine Eltern zudem überhaupt keinen Anspruch, das Recht auf ihr Eigentum geltend zu machen und konnten nichts dagegen tun. Der Traum meines Vaters war erloschen und mit ihm jegliche Lebensfreude. Er hasste diese Leute, mittlerweile hasste er die ganze Welt. Und als der italienische Pfarrer nach alter Tradition bei einer Prozession vom Balkon unseres Hauses, das ja an der Hauptstraße lag, predigen wollte, schlug er ihm kurzerhand die Tür von der Nase zu. Als dann noch ein fauler Apfel den Priester traf, war natürlich klar, dass der Schuldige nur aus einer Familie stammen konnte. „Das ist auch nicht recht", murmelten die Leute.

„Sie haben uns und das Haus verflucht, Kathi, ich hab's genau gesehen", rief mich eines Tages meine Schwester Trudi weinend an. „Die Frau vom oberen Stock, sie hat das *„malocchio"* gemacht, weil der Vater ihnen einfach das Wasser abgedreht hat." Nach allem, was bereits vorgefallen war, glaubte ich ihr aufs Wort. Warum nur ging gerade in meiner Familie immer alles schief? Mit Mario konnte ich nicht reden. Also suchte ich die Händlerin am Markt auf. Sie hatte immer noch ihren alten Stand mit den Kleidern und es schien, als könne ihr die Zeit nichts anhaben. Ernst hörte sie mir zu. „Ein Fluch ist eine schlimme Sache. Du musst etwas dagegen unternehmen. Hier ist die Adresse einer Freundin, die kann dir helfen." Ich rief die Unbekannte an, sie ging in sich, bestätigte mir, dass es sich um einen wahrlich starken Fluch handle, der nur durch ein Opfer getilgt werden könne. Danach erklärte sie mir, wann ich damit wohin kommen sollte; wir trafen uns, ich überreichte ihr das Opfer und bezahlte eine ordentliche Summe des

Geldes, das ich Mario zuvor wie üblich in kleinen Scheinen genommen hatte.

Dann wartete ich – aber es passierte nichts. Wenige Wochen später hielt ich es nicht mehr aus, rief meine Mutter in Leifers an und erzählte ihr die ganze Geschichte. „Eine Henne als Opfergabe hast du mitbringen müssen?", staunte sie. „Mit Sicherheit musste sie noch lebendig sein, oder etwa nicht?" „Ja Mutter, woher weißt du das?" „Tja, die Frau wollte schließlich sicher sein, dass der Sonntagsbraten auch wirklich frisch ist, Kathi. Dass deine Schwester ist, wie sie ist, das wissen wir, aber dass du nun auch noch an Geister glaubst." Das war gemein. Ich hatte doch nur versucht, meiner Familie in Südtirol zu helfen. Ich war überzeugt davon, das Richtige getan zu haben, auch wenn meine Mutter anderer Meinung war. Schließlich war es in Frankreich modern, sich die Tarotkarten legen zu lassen, Schmuck nach den Farben des Sternzeichens zu tragen und hie und da den Psychologen zu besuchen. Was also konnte nur falsch daran sein, Flüche von Häusern vertreiben zu lassen. Mein Mann durfte von diesen Geldausgaben nichts erfahren. Er hatte endlich die Tomatensorte gefunden, nach der er so lange suchte. Wir setzten die Pflanzen, ließen nur einen Trieb wachsen, sodass die gesamte Kraft der Sonne in die Frucht floss. Auf jeder Staude durften nur zwei bis drei Tomaten wachsen, dann wurden sie perfekt rund, rot, fest und süß im Geschmack. Des Weiteren pflanzten wir noch Zucchini und Wassermelonen im Sommer, Artischocken, Bohnen und Zuckermelonen im Winter.

Mario liebte den Markt, er war die Bühne seiner Launen. Er schrie und schimpfte mit den Standnachbarn, er flirtete mit den Touristinnen, ja er lief ihnen sogar mit kleinen Melonenstückchen nach, und bis zum Mittag hatte er seine Ware verkauft. „Le roi des tomates – der König der Tomaten“ wurde er genannt und auf dem Werbeprospekt von Saint-Tropez war er mit seinem Marktstand viele Jahre lang abgebildet.

Zu Hause sah die Welt anders aus. Nie hörte ich ein freundliches Wort von ihm, selbst beim kleinsten Anlass brüllte er los. Um mich vor den Landstreichern zu schützen, musste ich mich regelmäßig einsperren. Ich war noch keine dreißig und fühlte mich alt, verbraucht und ausgelaugt wie eine alte Frau. Immer wieder betrachtete ich meinen größten Schatz, mein Kleid. Ich beschloss, dieses Kleid nicht heimlich zu tragen, sondern als Zeichen der Freiheit, wenn er einmal nicht mehr da sein sollte. „Bis dass der Tod euch scheidet.“

Als mein Vater im Sterben lag, war ich 28 Jahre alt. Die Unverdaulichkeit der Kriegszeit hatte seinen Magen langsam, aber unaufhaltsam aufgefressen. Er war nur acht Jahre älter als mein Mann, doch er sah mit seinen 56 Jahren aus wie ein Greis und war so verbittert, dass er sogar in seiner letzten Stunde den Pfarrer wieder wegschicken wollte. „Was habe ich im Leben verbrochen, dass ich jetzt auch noch beichten müsste. Verschwinde, die Hölle macht mir keine Angst, die hatte ich schon mein ganzes Leben lang.“ Doch der Pfarrer blieb und gab ihm die Letzte Ölung. Mutter war traurig, aber auch erleichtert. Sie kam nun jeden Sommer nach Sainte-Maxime, half mir im Haushalt und bei den Kindern. Mit Etti und Jean Pierre sprach sie nur deutsch. Die Kinder verstanden zwar jedes ihrer Worte, selbst deutsch zu sprechen, hätten sie sich wegen Mario jedoch nicht getraut.

In den sechziger Jahren wurde das Haus um vier Ferienwohnungen vergrößert, selbst die Landstreicher ließen sich von Mario nicht mehr schikanieren. Jetzt mussten die Kinder mit anpacken. Pierrette half auf dem Markt mit, Jean Pierre auf dem Feld. Die Jungen im Dorf spotteten über die Bauernkinder und ihren verhassten Vater, den Tomatenkönig, der so viel verdiente und sich selbst nicht einmal eine neue Hose leisten wollte. So wie bei mir, dachte Mario gar nicht daran, den Kindern ein kleines Taschengeld für ihre Arbeit zu geben. Jahre später allerdings baute er jedem der beiden in unmittelbarer Nähe unseres Hauses eine prächtige Villa mit Schwimmbad. Nun hatten sie den Meerblick, der mir nach fünfundzwanzig Jahren harter Arbeit immer noch verwehrt war. Ich fühlte mich allein. Meine Mutter war mittlerweile gestorben, die Kinder waren beide verheiratet. Die Arbeit auf dem Feld, in den Ferienwohnungen, der Markt, der Haushalt, ich wurde immer müder und zorniger.

Eines Tages wurde mir übel, kalter Schauer lief mir den Rücken hinab. Ich wusste nicht, wie mir geschah und weinte nur noch. „Jetzt ist sie endgültig verrückt geworden", war meine Schwiegertochter überzeugt. Sie verständigte daher nicht den Hausarzt, sondern einen Psychiater, der die Ambulanz rief und mir sofort eine Beruhigungsspritze geben ließ.

Als ich aufwachte, lag ich in einem weißen Zimmer. Eine Schwester kam, gab mir eine Tablette und wieder schlief ich ein. Ich weiß nicht, wie lange ich in diesem Zimmer war. Einmal schaffte ich es, aus dem Raum zu gehen. Ich sah eine Frau, die mein Kleid trug, als ich sie darauf ansprach, sah sie einfach durch mich hindurch und ging weiter. Zurück im Zimmer, wollte ich alles zusperren und bemerkte erst jetzt, dass es hier keine Schlüssel gab, die Fenster konnten nicht geöffnet werden. Die Medikamente benebelten meine Sinne, etwas klebte an meinem Rücken, doch ich sah nicht, was es war; mein Körper war zu einem Schiff auf hoher See geworden, unaufhörlich schwankend ohne Anker, ohne Halt. Ich sah goldene Schmetterlinge um meinen Kopf kreisen, Funken regnen und wusste nicht zu unterscheiden, ob ich dies alles nur träumte oder nicht.

„Madame Kathi, wachen Sie auf, Madame Kathi", hörte ich eine entfernte, aber energische Stimme rufen. Das war doch der Psychiater. „Die Medikamente werden wir sofort absetzen, Madame, es tut mir leid. Als die Schwester es sah, hat sie mich sofort informiert. Es tut mir leid, aber die Symptome waren so eindeutig." Ich verstand überhaupt nichts mehr. Langsam erklärte er mir, dass ich gar keinen Nervenzusammenbruch gehabt hatte, sondern von einer Erdwespe am Rücken gestochen worden war. Die Stelle hatte sich entzündet, ich bekam eine Blutvergiftung, daher die Übelkeit und das Fieber. Ich verstand nun, woher der Schmerz im Rücken gekommen war. Weit mehr aber schmerzte die bittere Erkenntnis, dass mich meine eigenen Kinder ohne zu zögern in eine Nervenheilanstalt hatten einliefern lassen. Auch Mario hatte nichts dagegen unternommen. All die Erniedrigungen und Entbehrungen der vergangenen Jahrzehnte kochten in mir hoch, jetzt war ich wirklich am Rande des Abgrunds angekommen.

Ich hätte nie gedacht, dass ich einmal froh sein würde, eine Psychotherapie zu bekommen, aber es war das Beste, was mir passieren konnte. Über mehrere Jahre hinweg ging ich einmal im Monat zum Therapeuten. Er war ein ruhiger

Mann in meinem Alter. Bei ihm konnte ich reden, was mich bedrückte. Ich kam wieder zu meiner inneren Ruhe und nahm auch Marios Schikanen nicht mehr hin.

Der Termin beim Psychologen wurde für mich der wichtigste Tag im Monat. Ich brachte immer einen Korb mit dem schönsten Gemüse und dem besten Obst mit. Dazu gab es eine kleine Torte. In meinen Träumen war er mein Retter in der Not. Ich liebte seine ruhige Art, seine Stimme, ich liebte alles an ihm und stellte mir wohl tausende Male vor, wie er mich mitnahm, um mir die Welt zu zeigen. Ich habe so gehofft, dass er für mich dasselbe empfinden würde. Aber dem war nicht so. Als er mir nach drei Jahren Therapie mitteilte, dass er die Praxis schließen und bei „Ärzte ohne Grenzen" arbeiten wolle, brach mein Fantasieschloss wie ein Kartenhaus im Sturm in sich zusammen. Er ging fort, ich blieb bei Mario.

Oft stritten wir, aber wenigstens schaffte ich es, ihm jetzt meine Meinung zu sagen. Mario war nun bereits Mitte sechzig. Die Kinder hatten kein Interesse an der Bauerschaft. Wenn er Hilfe brauchte, musste er jedes Mal einen Packen Geld richten, den sie schamlos einsteckten, noch bevor er überhaupt sagen konnte, was er brauchte. Doch das war ihm egal, er wollte nur nicht, dass ich eigenes Geld hatte. Als ich ihn fragte, ob ich den Führerschein machen könnte, lachte er mich aus. „Geh du nur zu Fuß, das ist viel besser für deine Figur."

Am wichtigsten war ihm jetzt sein Wein. Auf dem Tisch standen stets drei Flaschen davon: ein Weißwein, ein Rotwein und ein Rosé. War die Flasche halb leer, ging er in den Weinkeller und füllte sie. „Luft ist schlecht für jeden Wein", war Mario überzeugt.

Er hatte im Laufe der Jahre nicht nur ein Vermögen an Bargeld verdient, sondern auch einige Hektar Grund angekauft. „Wenn der Alte stirbt, machen wir Baugrund daraus und verkaufen alles", witzelten die Kinder siegessicher. Ich lachte nicht, denn ich hatte schon oft erlebt, dass sich der Alte, wie sie ihn nannten, zu wehren wusste. Als er meinen Sohn und Schwiegersohn einmal bat, die Reben zu spritzen und beide, wie schon des Öfteren, keine Zeit hatten, meinte er zu mir ganz ruhig: „Wartet nur, ich erteile euch eine Lektion, die ihr euer ganzes Leben nicht mehr vergessen werdet." Seine Ruhe machte mir Angst, denn sie verhieß nichts Gutes.

Wenige Wochen später lud er Pierrette und Jean Pierre zum Essen ein. „Freut euch, denn ab jetzt werdet ihr eure Ruhe haben. Ich habe meinen gesamten Grund verkauft." Den Kindern blieb das Essen im Hals stecken. „Wie verkauft?", fragten sie ungläubig. „Ja, ich habe den Grund als billiges Ackerland hergegeben." „Als billiges Ackerland? Das kann nicht sein, Vater, bitte sag, dass du einen Scherz machst." Doch er hatte nicht gescherzt. Er hatte den gesamten Grund zum Billigpreis verschleudert. Machtlos mussten die beiden nun zusehen, wie schon ein Jahr später das ganze Land in Bauland umgewidmet und jede einzelne Parzelle zu Wucherpreisen verkauft wurde. Nun brauchte er die Kinder nicht mehr und mit dem Geld lag die Macht wieder in seiner Hand.

Mario hatte nur einen größeren Garten für sich behalten. Hier pflanzte er nun das an, was wir zwei zum Essen brauchten. Weit wichtiger war ihm der Wein.

Eines Tages geschah es, Mario war bereits über 70 Jahre alt, er arbeitete immer noch tagein tagaus, als der Unfall geschah. Beim Versuch, ein Fass zu heben, brach ein

Rückenwirbel. Trotz Operation blieb er querschnittsgelähmt.

Mein Leben änderte sich vollkommen. Ich blieb nun Tag und Nacht bei meinem Mann. Im Schlafzimmer wurde ein Krankenhausbett aufgestellt, ich schlief auf einer Liege daneben. Die Narkose hatte ihm so zugesetzt, dass er mich lange Zeit nicht erkannte. „Was wollen Sie hier in meinem Haus“, schrie er: „Aber Mario, ich bin es doch, deine Frau“, versuchte ich ihn zu beruhigen. Doch er tobte wie wild. „Meine Frau? Sie sind doch eine alte Schachtel. Ich will meine richtige Frau wieder haben, sie heißt Kathi und ist 18 Jahre alt, aus Feldkirch.“ Selbst die Kinder schafften es nicht, ihn umzustimmen. Er wollte unbedingt Telefon und Telefonbuch haben und begann, sämtliche Polizeistationen in Land anzurufen, um eine Vermisstenanzeige aufzugeben. „Meine Frau ist verschwunden. Sie heißt Kathi, ist 18 Jahre alt und kam mit mir aus Feldkirch nach Frankreich. Welches Jahr wir haben? Natürlich 1946, halten Sie mich vielleicht für verrückt?“ Wenn ich ihm das Telefon nahm, tobte und schrie er, bis ich es ihm gerne wieder gab. Bereits nach wenigen Wochen war er amtsbekannt und wurde mit ein paar netten Worten beruhigt.

Langsam normalisierte sich sein Zustand wieder, doch er war zornig, da er nicht mehr aus dem Haus konnte und oft wollte er sterben. Sein Herz allerdings war gesund und schlug unermüdlich – noch über zehn Jahre lang.

Milder Lavendelduft steigt in meine Nase. Der feine seidene Stoff des Kleides streichelt die Haut meiner Hände. Wie faltig sie geworden sind. 45 Jahre sind vergangen, 45 Jahre warten und träumen. Ich streiche eine weiße Haarlocke aus meinem Gesicht. Bin ich wirklich schon 65 Jahre alt? Auf dem Stoff entdecke ich einige kleine dunklere Fleckchen. Habe ich etwa geweint? Worüber eigentlich? Über die Traurigkeit der vergangenen Zeit, oder aus Freude an dem, was noch kommen wird? Die letzten Sonnenstrahlen erhellen den Raum, die Vögel geben ihr Abendkonzert. Immer noch wartet das Kleid auf mich – ob ich es wohl wagen werde?

Heute nicht.

K. W.

Von den Tschurtschen zu den Reben

Augusta B., Jahrgang 1933, Aldein – Girlan

Ich bin als zweite Tochter meiner Eltern auf die Welt gekommen, im fernen Jahr 1933. Am 27. September, im Elternhaus in Aldein. Leider schon wieder ein Mädchen. Nach mir sollten noch viele Geschwister folgen. Insgesamt waren wir zehn Kinder, acht Mädchen und nur zwei Buben. Alle Kinder waren gesund und sind aufgewachsen, das war früher nicht selbstverständlich. Über die Buben haben sich meine Eltern natürlich besonders gefreut.

Ich war von Anfang an groß und kräftig, ganze 1,75 Meter bin ich später geworden. Als Kind habe ich sogar viele Buben im Schulhof besiegt. Die konnten fast nicht glauben, dass ein Mädchen mit langen Zöpfen so stark sein kann. Deswegen haben meine Eltern gedacht, dass ich weitaus viel mehr schaffen kann als meine ältere Schwester, die seit ihrer Geburt besonders klein und zart war.

Mein Vater war der *Dorfbeck*. Sein Vater ist von *Cavales'* nach Aldein herausgekommen und hat hier unsere Familie gegründet. Er hat Italienisch gesprochen, aber auch recht gut Deutsch. Meinen *Nen* habe ich meistens lachend gesehen, wie auch wir in unserer großen Familie viel gelacht haben. Ich habe ihn gern gemocht und er mich ebenfalls. „Gell, Guschti“, hat er oft gesagt und wieder gelacht.

Gehungert haben wir nie, da hatten wir es gut getroffen. Als Bäckerkinder haben wir zum Glück genug Brot zu essen gehabt. Die Brotreste durften wir mit nach Hause nehmen. In der kleinen Backstube hat es herrlich geduftet; ich bin gerne dorthin gegangen, um meinen Vater zu besuchen. Die Backstube war im unteren Stock unseres Hauses. Ganz in der Nähe stand die Kirche; wir haben ein Stück darunter gewohnt. Und natürlich hieß ich die „Beckn-Gusti“ nach meinem Vater. Wir haben tagtäglich das alte Brot mit selbst gemachter Marillenmarmelade bestrichen als Pausenmahlzeit mitbekommen. Manchmal haben wir mit den Bauernkindern die Pausenbrote getauscht. Die bekamen köstliches Speckbrot mit und alle freuten sich über die Abwechslung.

Ansonsten gab es bei uns nie ein besonderes Essen. Das teure Fleisch war Mangelware. In den Zeiten, in denen wir lebten, mitten im Zweiten Weltkrieg, da war man froh, dass man nicht Hunger leiden musste!

Mein Vater musste nicht in den Krieg, Gott sei Dank! Er war zu alt dafür. Und meine Brüder waren noch zu jung. Aber einige entfernte Verwandte von mir sind im Krieg ums Leben gekommen. In unserer Familie wurde noch lange darüber geredet. Das waren wirklich harte Zeiten für alle.

Zu Hause ist es immer etwas eng gewesen. Zehn Kinder, die brauchen Platz. Da wir nicht viele Betten hatten, war meine Mutter überaus erfinderisch: Die kleinsten Kinder schliefen in den unteren Schubladen eines Schrankes. Die Mutter legte Bettzeug hinein, damit es nicht zu hart für sie war, und so konnten sie dort gut schlafen. „Alles geht, wenn man nur will“, sagte sie oft. Und da hatte sie wohl recht.

Wir haben viel mitgeholfen zu Hause. Alle Kinder haben schon von klein auf viele Arbeiten verrichtet. Wir mussten Brennholz für den Ofen ins Haus hereintragen und den Boden kehren und wischen. Das Geschirr musste abgespült werden und die Kleider mussten gewaschen werden. Mit zehn Kindern gab es ständig viel Wäsche. Auf die kleineren Kinder haben wir sowieso aufpassen müssen. Das habe ich gern getan. Als nicht älteste, aber größte Tochter musste ich am meisten mithelfen. Meine Brüder waren ja viel jünger als ich, deshalb musste ich sogar die gröbsten Arbeiten verrichten, wie Brennholz hacken und dann ins Haus tragen.

In der Schule bin ich nie besonders gut gewesen. Am Anfang ging ich in die italienische Schule, später in die deutsche. Und aus diesem Grund habe ich weder die eine noch die andere Sprache gut gelernt. Sogar die Schriften waren unterschiedlich; ich musste in der italienischen Schule die lateinische lernen und in der deutschen Schule die Sütterlinschrift. Aber man musste nun einmal die Schule besuchen. Außerdem war es nicht wichtig, ob ein Mädchen viel lernt. Später sollte ich ja doch heiraten und Kinder kriegen, hierbei nutzte einem eine Schulbildung wenig.

Wir hatten in der Klasse fixe Schulbänke. Deswegen musste man den ganzen Tag lang starr sitzen, mit geradem Rücken. Ich versuchte immer wieder, mich zu melden und irgendetwas zu sagen, damit die hübsche italienische Lehrerin nicht meinte, ich sei dumm. Sie war nett, aber verstanden haben wir nicht viel. Der alte Pfarrer hat uns im Religionsunterricht oft ausgefragt, um zu prüfen, ob wir uns in der Bibel gut auskannten. Er war streng, vor allem mit den Buben. Die haben manchmal eine *Kopfnuss* bekommen, wenn sie den Unterricht störten. „Eine ordentliche *Watsche* hat noch niemandem geschadet", pflegte meine Mutter zu sagen.

Oft haben wir in der Schule während der Pause Fangen und Verstecken gespielt. Manchmal hatte jemand bunte *Specker* aus Ton oder sogar aus Glas dabei, um diese haben wir gespielt: Die *Specker* mussten aus einiger Entfernung in ein Loch gerollt werden. Das war in meiner Kindheit möglich, weil man im Schulhof in den groben Sand kleine Löcher graben konnte. Wer am häufigsten getroffen hatte, bekam auch die *Specker* von den anderen. Was war das für eine Freude, wenn man den anderen ihre Schätze abgenommen hatte. Dieses Spiel gibt es schon lange nicht mehr, da es auf den geteerten Schulhöfen nicht möglich ist.

Am Nachmittag sind wir herumgerannt, und viel Zeit haben wir in der Natur verbracht. Ich hatte eine nette Freundin, die blonde Nandl, mit der habe ich gerne gespielt. Fast jeden Tag haben wir uns am Nachmittag getroffen, weil sie in der Nähe von mir gewohnt hat. Später haben wir uns leider aus den Augen verloren. Ich habe sie seit vielen Jahren nicht mehr gesehen.

Neben dem weißen Schulhaus gab es eine Kegelbahn. Am Nachmittag haben wir Kinder dort oft geholfen und den Großen die umgefallenen Kegel wieder aufgestellt. Dafür haben wir manchmal ein paar *Centesimi* bekommen. Es waren ja nur wenige Kinder im Dorf, die meisten wohnten außerhalb auf den Höfen. So hatten wir Beckn-Kinder immer genug zu tun. Die *Centesimi* haben wir daheim gleich der dankbaren Mutter gegeben, die hat sie gut gebrauchen können.

Hearische, also fremde Gäste, gab es damals noch kaum in Aldein. Die wenigen Straßen waren noch nicht geteert. Im Gasthof Krone sind die *Voldeiner* eingekehrt, um ein Glas Wein zu trinken oder eine Suppe zu essen. Äußerst beliebt war das Gasthaus Pfiffikus, das es heute noch gibt. Geschäfte hat es nur wenige gegeben. Man brauchte ja auch nicht viel.

Ein Tag in meiner Kindheit, den ich nie vergessen werde, ist der Tag meiner heiligen Erstkommunion. Alle Mädchen durften weiße Kleider tragen, die uns für dieses Ereignis geliehen wurden. Unsere Haare wurden mit heißen Brenneisen zu Stopsellocken frisiert, und wir sahen aus wie kleine Weihnachtsengel. Die Buben trugen einen dunklen Anzug. Sogar der ärgste Lausbub wirkte so elegant angezogen wie ein feiner Herr. Die Messe in der Kirche dauerte ungeheuer lange. Danach bekamen wir endlich die heilige Kommunion. Sie schmeckte gut. Und schließlich durften wir noch alle ins Pfarrhaus gehen. Dort bekam ich den ersten heißen Kakao meines Lebens. Dazu gab es süßes Germbrot. Lange noch dachte ich später an diese Köstlichkeiten. Die waren für uns etwas ganz Besonderes.

Wir haben in unserer Familie immer wieder gerne gesungen. Oft saßen wir am Abend nach dem täglichen Rosenkranz noch alle zusammen und haben schöne alte und lustige Lieder gesungen. Das waren gemütliche Abende, die ich in guter Erinnerung habe. Wir Mädchen haben während des Singens Socken gestopft oder etwas gestrickt; Nichtstun war undenkbar. „Wenn du zu müde für die Handarbeit bist, dann kannst du beten“, empfahl die Mutter uns Mädchen. Als ich etwas größer wurde, wollte ich auch im Kirchenchor mitsingen, wie eine gute Freundin von mir. Ihr Vater hatte einen der schönsten Höfe weit und breit. Doch ich musste zuerst eine Singprüfung machen, und da hat der Chorleiter gemeint, ich könnte nicht gut genug singen. Das konnten wohl nur die Kinder der großen Bauern. Das war schon eine große Ungerechtigkeit. Ich habe mein Leben lang gern und viel gesungen, aber auf einen Chor hatte ich nach dieser Singprüfung nie mehr Lust. Die war mir vergangen.

Bei den Prozessionen, die zu Fronleichnam und zu Herz Jesu stattfanden, ist es nicht unbedingt christlich hergegangen. Die Töchter von den reichen Bauern durften an der Spitze der Prozession gehen. Die haben die schönsten Trachten getragen und oft noch schöne Schürzen dazu. Wir von den ärmeren Familien mit vielen Kindern mussten hintennach gehen. Ich habe mir oft gedacht, dass sich der liebe Gott das sicher nicht auf diese Weise vorgestellt hatte. Aber so war das eben bei uns, das konnte man nicht ändern.

Nach Weißenstein sind wir zweimal im Jahr zu Fuß gegangen. Die Großen mussten nüchtern sein, wir Kinder hingegen nicht, weil es sonst zu anstrengend für uns gewesen wäre. Fast zwei Stunden haben wir von Aldein bis Weißenstein gebraucht. Aber wir mussten nicht den steilen Weg gehen wie all jene, die von Leifers heraufkamen. Das größte Wegstück war eben, nur der letzte Teil wurde etwas steil. Im Gasthaus in Weißenstein haben wir etwas zum Trinken bekommen, eine süße *Aranciata*. Die prickelte auf der Zunge, die Kohlensäure waren wir Kinder nicht gewohnt. Dieses Getränk hat uns besonders gut geschmeckt, weil wir es sonst nie bekommen haben. Die Kirche in Weißenstein hat mir gut gefallen, außen mit ihren weißen Türmen und innen das ganze Jahr über festlich geschmückt. Die vielen Tafeln mit den bunten Bildern von geretteten Menschen bestaunte ich lange: Männer, die aus abstürzenden Wagen gerettet worden waren und Kinder, die schreckliche Unfälle überlebt hatten, alle von ihren Schutzengeln gerettet. Obwohl diese Wallfahrten anstrengend waren, ging ich gerne mit.

Zu Weihnachten war es sehr feierlich und schön bei uns daheim. Am Heiligen Abend gab es für uns Mädchen tagsüber viel zu tun, weil das Haus geputzt wurde und das Essen hergerichtet werden musste. Um Mitternacht haben wir alle zusammen die Christmette besucht. Wir hatten es nicht weit, weil wir ja mitten im Dorf gewohnt haben. Andere sind von weit her zu Fuß von ihren Höfen heruntergekommen, mit leuchtenden *Kenteln,* damit sie den Weg vor ihren Füßen sehen konnten. Es war alles weihnachtlich schön. Meistens schneite es, es war wirklich ein besonderes Erlebnis. In der Kirche durften wir nach der Mette das blonde Christkind in der Krippe anschauen. Wie war es doch herzig. Nachher sind wir heimgegangen und haben frische Würste gegessen und würziges Kraut. Unsere Krippe daheim war zwar klein, und die Figuren waren winzig, aber wir haben sie lange ehrfürchtig betrachtet. Ich habe diese Zeit gern gemocht, wie die meisten Kinder. Geschenke haben wir wie allgemein üblich kaum welche bekommen. Ein paar Socken, vielleicht einmal einen Stoff und ein paar Kekse, das war alles. Aber gefreut haben wir uns trotzdem darüber. Ein Christbaum war bei uns noch nicht üblich; den haben wir erst viele Jahre später aufgestellt. Wir haben stattdessen ein paar Tannenzweige aus dem Wald geholt und weihnachtlich geschmückt; das war genauso schön und hat genauso gut gerochen.

Der Vater ist oft auf die Jagd gegangen. Da haben wir ihm zwei frische Hemden mitgeben müssen, weil er so stark geschwitzt hat und sein Hemd mehrmals wechseln musste. „Schwitzen ist gesund", hat meine Mutter lachend gesagt. Nachher hatte sie viel Arbeit mit dem Waschen und dem Bügeln der Hemden. Aber getroffen hat der Vater jedes Mal etwas, danach haben wir gut gegessen, einen sehnigen Hasen oder gar einen riesigen Hirsch. Das waren richtige Festessen für uns, eine schöne Abwechslung zum sonstigen Milchmus und zu den täglichen Erdäpfeln. Schon der *Nen* ist in seinen jüngeren Jahren gern auf die Jagd gegangen.

Ich weiß noch genau, wie wir Kinder einmal gegen Ende des Sommers oberhalb von Aldein in den Wald gewandert sind. Plötzlich haben wir einen Hirsch gesehen, mitten auf einer Waldwiese. Majestätisch stand er dort, er schien keine Angst vor uns zu haben, denn er rührte sich nicht vom Fleck. Wir sind gleich wieder nach Hause gerannt, um von diesem Hirsch zu erzählen. Als wir am Nachmittag wieder auf die Wiese hinaufgegangen sind, um nachzuschauen, ob er noch da war, war kein Hirsch mehr zu sehen. Am Abend hat es etwas besonders Gutes gegeben: Hirschbraten. Der *Nen* war sogleich nach unserem Bericht mit seiner Büchse an diese Stelle gerannt und hatte den Hirschen erlegt.

Jedes Jahr gab es im Frühjahr in Auer einen großen Markt. Als ich noch klein war, durfte ich noch nicht mit, weil der Weg so weit war. Mein Großvater ging zu Fuß nach unten nach Auer, begleitet von seinem alten Muli, das die gekauften Waren nach oben tragen sollte. Wir Kinder waren sehr neugierig und konnten es kaum erwarten, bis er wieder heimkommen würde. Deshalb sind wir ihm ein Stück entgegen gerannt. Er freute sich, uns zu sehen, und wir drei, vier kleine Kinder durften uns in die Seitenkörbe setzen, die dem Muli umgehängt worden waren. Zusammen zogen wir alle nach Hause. Das war eine große Freude.

Auch mein Vater ging gerne auf den Markt. Als er nach Hause kam, wussten wir schon, dass er uns sicher nicht vergessen hatte. Nie kam er ohne eine Kleinigkeit für uns Kinder nach Hause, etwas Süßes oder ein kleines Spielzeug. Er gab es uns aber nicht gleich, sondern wir mussten es bei ihm suchen. „Was habe ich denn hier im Hut?“, fragte er lachend oder, „Was ist hier in meiner Jackentasche?“ Wir jubelten, als wir etwas bekamen, und seine Freude war nicht zu übersehen. Auch wenn es nur Kleinigkeiten waren, die er für uns gekauft hatte, wir waren alle überglücklich.

Später, als ich größer war, durfte ich meinen alten *Nen* oder meinen Vater hinunter ins Tal auf den Markt in Auer begleiten. Da sind wir eine steile Stiege hinuntergegangen, ohne Geländer, die sogenannte Katzenleiter. Es war ein sehr weiter Weg. Aber auf dem großen Markt war es schön. Wir waren es ja nicht gewohnt, derart viele fremde Menschen und verschiedene Waren auf einmal zu sehen. Es gab bunte Stoffe für Schürzen und Kleider, lebendige Tiere und natürlich so viele Süßigkeiten, wie wir Kinder sie sonst nie auf einem Haufen gesehen haben. Meistens haben wir eine Süßigkeit bekommen, „a *Pappa*“, wie man bei uns sagte. Anschließend haben wir zwei Stunden für den Heimweg benötigt.

Einmal, als ich mit meinem Vater auf dem Auerer Markt war, hat er dort ein winziges Ferkel gekauft. Es hat lustig ausgesehen und war noch hellrosarot. Der Vater hat es in seinen Rucksack gepackt und wollte es nach Hause tragen.

Es hat den halben Weg lang gequiekt. Wir haben uns nichts dabei gedacht. Plötzlich hat man gar nichts mehr gehört. Als wir es zu Hause herauslassen wollten, war es tot. Es war wohl an der Angst gestorben. Da waren wir traurig, aber das nützte nichts mehr. Nie mehr ist uns etwas Ähnliches passiert.

Meine älteste Schwester war von Anfang an etwas kränklich. Deshalb musste sie nicht wie wir anderen schon in jungem Alter arbeiten gehen. Sie hatte es gut, sie durfte sogar bei den italienischen Klosterfrauen im Fleimstal eine Haushaltungsschule besuchen. Dort hat sie viel gelernt.

Ich war die Große, Starke in der Familie. Zum ersten Mal auswärts arbeiten gehen musste ich im Alter von zwölf Jahren. Das war hart für mich, weil ich die Erste von unserer Familie war, die das Elternhaus verlassen sollte. Ich kam zu einer Bauernfamilie ins Nachbardorf Petersberg; dort musste ich nun wohnen und tagsüber zur Schule gehen, weil ich noch im schulpflichtigen Alter war. So konnte ich die kleineren Kinder begleiten und gleichzeitig die Schule besuchen. Der Hof befand sich zwischen Petersberg und Weißenstein, wir mussten also ein weites Stück gehen, um die Schule zu erreichen.

Inzwischen gab es wieder deutschen Unterricht in den Südtiroler Schulen. Doch für mich und meine Lernfortschritte änderte das leider nicht viel. Der Petersberger Lehrer konnte mich von Anfang an überhaupt nicht leiden. Ich war die Größte und sah schon älter aus, und die Buben haben mich gern *gepflanzt*. Die Schule war gemischt, also mit Buben und Mädchen in einer Klasse. Die Mädchen saßen vorne, die Bubenreihen waren hinten. Ich saß in der letzten Mädchenreihe, weil ich überdurchschnittlich groß war. Da haben mich die größeren Buben gerne von hinten an den Zöpfen gezogen. Doch wenn mich einer der Buben an einem Zopf zog und ich „Aua“ rief, warf der Lehrer nach mir eine Kreide, nicht nach meinen Peinigern. *„Di werd i mir schunn dermerken!“*, drohte er. Als „Auswärtige“ war ich für den Lehrer wohl weniger wert als die Petersberger Kinder. So eine Ungerechtigkeit. Es wird wohl niemanden wundern, dass ich nicht gern in die Schule gegangen bin. Ich habe mich furchtbar geärgert, aber ändern konnte ich das nicht.

Da ich im Haushalt bis spät abends beschäftigt war, ist die Schule natürlich wieder zu kurz gekommen. Die Hausaufgaben habe ich oft nicht gemacht, das hätte ich zeitlich gar nicht geschafft. Zuerst habe ich darauf geachtet, dass die kleineren Kinder ihre Hausaufgaben gemacht haben und ihnen geholfen. Danach war für meine eigenen Aufgaben meistens keine Zeit mehr. Deshalb hat der Lehrer oft mit mir geschimpft.

Die Bäuerin in Petersberg war meistens freundlich zu mir, und die vier Kinder, auf die ich schauen musste, waren nett und sie mochten mich gern. Es waren zwei Buben und zwei Mädchen. Aber ich hatte Heimweh und wollte wieder zu meinen Schwestern und Brüdern nach Aldein. Doch das war nicht möglich; inzwischen erwartete meine Mutter wieder ein Kind, und sie war froh, jemanden vom Esstisch wegzuhaben. Der Krieg war nun endlich vorbei, aber es herrschte überall große Not. Besuchen durfte ich meine Familie den ganzen Winter über nicht; deshalb hatte ich großes Heimweh. Nicht einmal zu Weihnachten durfte ich heim. Meine Arbeitgeber brauchten mich auch über die Weihnachtsfeiertage. Außerdem waren die Wege voll bedeckt mit Schnee, sodass diese Strecke zu Fuß äußerst weit war. Es gab ja noch kaum Autos und noch keine *Corriera* in unserer Gegend. Dieses Heimweh zu Weihnachten war besonders schlimm für mich, deshalb habe ich es noch genau in Erinnerung. Als wir am Nachmittag des Heiligen Abends die Vorbereitungen für das große Fest trafen, hatte ich viel zu tun und kaum Zeit zum Nachdenken. Wir bereiteten süße Krapfen vor und frische Würste für die Zeit nach der Mette. Trotzdem verließ ich ein- oder zweimal die rauchige Küche, um still für mich zu weinen. Aber gesagt habe ich nie etwas über mein Heimweh. Ich wollte mir nichts anmerken lassen, denn sonst hätte ich mich geschämt.

Als wir später um Mitternacht zur Kirche gingen, um die festliche Christmette zu besuchen, war ich immer noch tieftraurig. In einer fremden Kirche, mit einer fremden Familie, das war für mich kein richtiges Weihnachtsfest. Meine kleinen Geschwister und meine Eltern fehlten mir so stark wie selten zuvor. Nicht einmal die schönen Lieder, die in der Kirche gesungen wurden, konnten mich umstimmen. Obwohl ich mich sonst daheim immer auf die Christmette gefreut hatte.

Die Bäuerin merkte wohl doch, wie es mir ging, denn als wir auf dem Hof ankamen, nahm sie mich beiseite und gab mir vor allen anderen von den köstlichen süßen Krapfen zu essen. Das war überhaupt nicht üblich; als kleine Magd war ich die unterste auf der Hierarchieebene auf dem Hof. Ich bedankte mich und ging bald ins Bett. Dort schlief ich unter Tränen ein.

Am nächsten Morgen, dem Christtag, ging es mir noch nicht besser. Die Kinder bekamen Geschenke; für mich gab es einen Schürzenstoff. Aber ich habe in meinem ganzen Leben nie mehr so großes Heimweh gehabt wie zu Weihnachten 1945.

Als ich endlich im Frühjahr, als der Schnee geschmolzen war, einen Besuch zu Hause machen durfte, freute ich mich mit den anderen über das neue Baby, das inzwischen bei uns zur Welt gekommen war. „Ein kleines Christkindl", sagte meine Mutter. Wir haben gut auf das kleine Mädchen aufgepasst. Seine Unterwäsche haben wir auf den Ofen getan, damit sie angewärmt wurde. Und wir haben es geherzt und in den Schlaf gewiegt. Ich wusste schon damals, dass ich einmal eigene Kinder haben möchte.

Irgendwann war ich vierzehn Jahre alt und meine Schulpflicht war vorbei. Ich war froh darüber, weil ich nicht viel verstanden hatte in der Schule. Das war aber für ein Mädchen gar nicht wichtig, wie mir immer wieder gesagt worden war. Viel wichtiger war, dass ein Mädchen fleißig war und kräftig bei der Arbeit mithelfen konnte. Und das war bei mir schon von Anfang an der Fall.

Später bin ich dann zu einer anderen Arbeitsstelle gekommen, weil mich die Bäuerin nicht mehr brauchte. Inzwischen war ihre älteste Tochter selber soweit, dass sie im Haus gut mithelfen und die kleineren Geschwister beaufsichtigen konnte. Ich kam als Magd auf einem großen Bauernhof unter, diesmal in Radein. Aber, obwohl der schöne Hof riesengroß war, reichte es nicht für ein eigenes Zimmer für mich. Ich musste meine Kammer mit einem älteren Arbeiter teilen. Ich hatte eine Riesenangst vor ihm. Er sah furchterregend aus! Er hatte keine Zähne mehr und viele Falten;

ich dachte, dass er wohl fast hundert Jahre alt sein musste. In der Nacht schnarchte er laut; deshalb konnte ich nicht gut schlafen. Wir redeten nie miteinander, und ich fühlte mich hier sehr einsam. Ich war froh, als mir meine Mutter sagte, dass ich bald einen neuen Arbeitsplatz bekommen würde. Ich war nicht gerne mit diesem schnarchenden Mann im gleichen Zimmer gewesen.

Mit achtzehn Jahren war ich das erste Mal in Girlan, im sonnigsten Überetscher Weindorf. Es war für mich etwas Neues, dass es im Frühjahr schon angenehm warm war. Und die Gegend mit den Apfelbäumen und Reben war vollkommen anders als bei mir zu Hause. Ich war im Dienst bei einer Bauernfamilie im Weiler Schreckbichl. Ich habe im Haushalt mitgeholfen und das erste Mal im Leben habe ich beim Klauben und *Wimmen* geholfen. Das hat mir gleich gut gefallen. Aber arbeiten musste ich auch hier wieder viel. Es bleibt ja nicht nur die Arbeit zur Erntezeit; die Reben müssen das ganze Jahr über bearbeitet werden. Im Frühling beginnt man mit dem Rebenbinden, danach werden sie *geschabigt*. Später werden die Äpfel ausgezwickt. Im August fängt schon die Ernte an, die bis November dauert. Heute *klaubt* man im August die Gala-Äpfel; das sind die ersten bei uns, aber früher waren die Gravensteiner die ersten reifen Äpfel.

Im Winter ist ein Kind auf diesem Hof zur Welt gekommen, ein Bub. Zu meiner Zeit hat man die Kinder bald nach der Geburt getauft. Weil die Bäuerin noch schwach war, musste ich das Kind zur Taufe in die Kirche hinaustragen. Da bin ich langsam über die eisigen Wege hinausgegangen ins Dorf, ganz vorsichtig, damit mir das winzige Menschlein ja nicht hinunterfällt. Es ist alles gut gegangen. Manchmal treffe ich den Täufling noch; dann müssen wir beide lachen. Inzwischen ist er ja lange schon ein gestandener Mann.

Zu dieser Zeit habe ich den Hermann kennengelernt, meinen späteren Mann. Er wohnte ebenfalls in Schreckbichl. Das erste Mal haben wir uns gesehen, als ich am Sonntagmorgen zur Frühmesse gegangen bin. Er hatte den gleichen Weg wie ich, so sind wir wortlos ein Stück nebeneinander gegangen. Er hat mich lange angeschaut, und schließlich hat er mich angelacht. Dann hat er angefangen, mir von sich zu erzählen, und er hörte gar nicht mehr auf damit. Er redete und redete wie ein Wasserfall, und ich habe ihm zugehört und bin fast nicht zu Wort gekommen. Als wir in der Nähe der Kirche angekommen waren, trennten sich unsere Wege. Ich ging auf die linke Seite zu den Frauen, er auf die rechte zu den Männern, wie es sich gehörte.

Ich habe ihn dann öfter zufällig gesehen und habe mich jedes Mal darüber gefreut. Er wohnte auf einem Hof, nur ein bisschen oberhalb von dem, auf dem ich gearbeitet habe. Er war fesch anzusehen mit seinen blonden Haaren und seinen grünen Augen. Wir haben uns nur gegrüßt; ich war noch ein halbes Kind. Er war ebenso wie ich erst achtzehn, und es wäre uns nie in den Sinn gekommen, bereits in diesem Alter etwas miteinander anzufangen. Da bin ich viel zu christlich erzogen worden. Außerdem hatte ich so viel Arbeit, dass ich gar keine Zeit für ein Techtelmechtel mit einem Mann gehabt hätte.

Später habe ich auf einem der größten Girlaner Höfe gearbeitet, bei einer reichen Familie im Dorfzentrum. Wir waren viele Angestellte dort. Ich habe in der Küche und auf dem Feld geholfen, wo ich gerade gebraucht wurde. Einmal im Monat wurde zwei bis drei Tage lang die gesamte Wäsche des großen Haushalts gewaschen. Zwei Girlaner Waschweiber kamen zusätzlich zum Hauspersonal, um bei dieser wichtigen Aufgabe zu helfen. Es gab noch keine Waschmaschine im Haus, deshalb wurde alles mit den Händen erledigt, in der riesigen Waschküche des Hauses. In großen Bottichen haben wir die Wäsche gewaschen.

Danach haben wir viel gebügelt, Unmengen wunderschöner weißer Wäsche. Es war eine reine Freude, sie zurechtzumachen.

Ansonsten habe ich auf der Wiese das Heu zusammengerecht. Damals gab es in Girlan noch viele Kühe und Ochsen. Ein eigener Fütterer hat die Tiere täglich gemolken. Im Haus haben wir aufgeräumt und geputzt, vom Keller bis ins Unterdach und wieder vom Unterdach bis in den Keller. Die Arbeit hat nie aufgehört.

Aber dann bin ich zu einer anderen Arbeitsstelle gekommen, nach Lerch bei Aldein. Jahrelang habe ich den Hermann nicht mehr gesehen. Aber vergessen habe ich ihn nie. Und er mich wohl auch nicht. Wie sich später gezeigt hat.

In Lerch, das gegen das Weißhorn gelegen ist, habe ich wieder auf einem Bauernhof gearbeitet. Es war die gleiche Arbeit, wie sie die meisten ungelernten Mädchen und jungen Frauen wie ich verrichtet haben: Auf die vielen Kinder schauen, in der Küche und im Stall helfen. Auf diesem Hof kam aber noch die harte Feldarbeit dazu, ganz ohne Maschinen, auf über 1400 Metern Meereshöhe. Lange bin ich deshalb dort nicht geblieben, weil ich hier wirklich alles tun musste, mehr als bei meinen anderen Arbeitsstellen davor. Vor allem die Stallarbeit war für ein junges Mädchen überaus hart. Aber es gab kein Pardon – nein zu sagen hätte ich mich nie getraut.

Ich erinnere mich noch gut an den eiskalten Winter dort oben in Lerch. Es war so kalt, dass die Wand ganz *glitzrig* war und silbern glänzte – Eisblumen hatten sich dort gebildet. Jeder von uns hatte eine Bettflasche, aber die nutzte nur wenig in dieser Eiseskälte. Ich deckte mich fest zu, aber das Gesicht war außerhalb der Bettdecke, und ich bekam eine eiskalte Nase. Trotz der dicken wollenen *Bettpatschen,* die mir meine liebe Mutter gestrickt hatte, waren sogar die Zehen in der Früh fast blau. Es war kaum auszuhalten. In der Früh musste ich als Erste aufstehen und den Ofen *schieren;* es war bitterkalt, und man sah sogar in der Küche den eigenen Atem. So etwas hatte ich noch nie erlebt.

Nach einigen Monaten habe ich wieder die Arbeit gewechselt. Ich hatte erstmals in einem Gasthaus eine Arbeit gefunden; das war nun wieder etwas völlig Neues für mich. Verglichen mit der Stallarbeit war das der reinste Urlaub. Ich habe in Neumarkt gearbeitet, in Zimmer und Küche. Servieren durfte ich nie, ich hatte ja nichts Richtiges gelernt und gekonnt. Auch einige meiner Schwestern haben mit mir hier gearbeitet.

In Neumarkt waren wir in einem Gasthof in der Nähe des alten Bahnhofs angestellt. Da habe ich dann viele Jahre lang gearbeitet. Ich habe in der Küche geholfen und die Zimmer gemacht. Wir haben gut zu essen bekommen. Verdient haben wir aber nie besonders gut. Dafür hatten wir ja Kost und Unterkunft. Wir mussten fast zwölf Stunden lang arbeiten, von Sonnenaufgang bis Sonnenuntergang. Ausgegangen sind wir überhaupt nicht; das wurde nicht gern gesehen; und wir wären viel zu müde gewesen. Unsere Hände waren durch und durch rau von der kalten Wäsche. Es gab ja noch keine Waschmaschine.

Aber ich war meistens gut aufgelegt. Ich hatte ein Dach über dem Kopf und meine Schwestern neben mir, mehr brauchte ich nicht. Manchmal gab es Kolleginnen, die nur jammerten und sich über ihr schweres Los beklagten. Da habe ich nur gelacht und gesagt, sie sollten nicht so viel denken. Es ändert ja doch nichts. Die hätten mal arbeiten müssen, wie ich es schon vorher hatte tun müssen, dachte ich oft, das hätten die wohl nicht geschafft!

Bei unserer Arbeit in den Gasthäusern haben wir auch viel Lustiges erlebt. Eine Episode handelt von einem wohlhabenden Kaufmann, der häufig bei uns im Gasthaus eingekehrt ist, wenn er beruflich in der Gegend zu tun hatte. Er wollte jedes Mal, dass wir ihm zum Frühstück Schwarzbrot bereitstellten. „Schwarzbrot, aber dünn geschnitten!“, befahl er mit seiner etwas schrillen Stimme. Wir haben ihm seinen Wunsch wie üblich erfüllt, mussten aber heimlich lachen, weil er nie vergaß, uns das zu sagen. Mittlerweile kannten wir ihn genau und hätten auch ohne seinen Befehl gewusst, dass er das Brot in dünnen Scheiben wünschte.

Italienisch konnte ich auch jetzt noch nicht besonders gut. Da alle sagten, dass es wichtig wäre, wollte ich nach *Cavales'*, um die italienische Sprache endlich richtig zu lernen, wie bereits einige Schwestern von mir es getan hatten. Ich hatte schon einen Brief von einem Wirt aus dem Fleimstal bekommen und eine Arbeitsstelle dort in Aussicht. Doch als ich das meinem Chef erzählte, sagte er

Nein, das ginge überhaupt nicht. Er brauchte mich hier in Neumarkt und wollte im Moment auf keinen Fall auf meine Arbeitskraft verzichten. Also sagte ich in *Cavales'* ab. Für mich war es selbstverständlich, dass er das bestimmen durfte. Ich hätte mich nie im Leben getraut, ihm zu widersprechen. So war das eben. Wir waren zu Gehorsam erzogen worden, in jeder Lebenslage, und wir waren dafür vorgesehen, zu helfen und zu dienen.

Angemeldet wurden wir nicht, obwohl wir nur wenig Lohn erhielten. Das wurde von den Arbeitgebern entschieden. Heute rennen die Leute ja ständig zum Chef und wollen mehr Geld und mehr Urlaub und weniger Arbeit. Aber das hat es früher nicht gegeben. Der Chef war der Chef und basta! „Wer zahlt, schafft", wie meine Mutter zu sagen pflegte.

Fast täglich kamen riesige moderne Reisebusse aus Deutschland und Österreich nach Neumarkt. Viele Menschen hatten in diesen Bussen Platz. Die Gäste übernachteten bei uns im Gasthaus. Was haben wir Knödelbrot geschnitten und Krapfen gebacken! Die Leute blieben meistens nur ein oder zwei Nächte, dann zogen sie wieder weiter, in Richtung Süden. Deshalb mussten wir ständig Wäsche wechseln und waschen. Zu essen bekamen wir gut, aber ein großzügiges Trinkgeld gab es nur selten. Das bekamen die hübschen Serviererinnen, die den Gästen das Essen brachten. Wir Küchenhilfen und Zimmermädchen wurden meistens vergessen. Vom Geld, das wir verdienten, schickten wir einen großen Teil heim zu unseren Eltern. Diese waren froh darüber; es waren ja noch viele kleine Geschwister zu Hause. Das war allgemein üblich. Die Eltern hatten uns ja auf die Welt gesetzt und jahrelang ernährt; da war es für uns mehr als selbstverständlich, das meiste Geld zu ihnen nach Hause zu schicken.

Alle paar Wochen bekamen wir frei. Da gingen wir zusammen zu Fuß heim nach Aldein. Das war ein weiter Weg. Mit zwei Stunden Gehzeit musste man wenigstens rechnen. Später hatten meine Brüder eine *Vespa* und nahmen uns manchmal mit. Wir staunten, wie schnell man nun nach Aldein kam. Die *Corriera* gab es bei uns erst viel später, und sie fuhr diesen Weg nicht oft. Und Auto hatten wir keines, das wäre viel zu teuer gewesen und für Frauen in unserem Alter nicht üblich. Vespa fahren wäre für uns Mädchen nie in Frage gekommen; das hätte uns wohl niemand erlaubt.

So gingen die Jahre ins Land. Von einem Arbeitsjahr zum anderen; immer gab es viel zu tun. Fleißige Hände wurden überall gebraucht. Krank war ich nie, ich habe jahrein, jahraus gearbeitet. Wenn ich mal Fieber hatte, was selten vorkam, machte ich mir am Abend eine heiße Bettflasche und trank einen kräftigen Schnaps. Das hat genützt; am nächsten Tag war alles wieder vorbei. Die Arbeit war zu tun, da fragte keiner, wie es einem dabei ging.

Nach und nach heiratete von uns Schwestern eine nach der anderen. Nur die Älteste blieb ledig, und eine ging ins Kloster. Sie ist schon als Missionsschwester in Indien und in Pakistan gewesen und lebt jetzt in Deutschland.

Meine zwei Brüder haben beide beim Vater das Bäckerhandwerk gelernt. Er hat sich sehr darüber gefreut. Heute leben noch sieben von uns Geschwistern; ich freue mich, wenn ich jemanden von ihnen sehe. Fast alle haben eigene

Kinder, zusammen sind es 25 Kinder und jetzt noch viele Enkel und sogar schon einige Urenkel.

Ich war mit 27 noch ledig. „Die wird uns wohl übrig bleiben“, sagte meine Mutter manchmal lachend.

Ich habe später einige Jahre lang in einem weitum bekannten Gasthaus in Radein gearbeitet. An diese Zeit denke ich gerne zurück. Zwei Schwestern von mir arbeiteten mit mir gemeinsam hier, und wir mussten uns wie vorher um die Wäsche kümmern und in der Küche mithelfen. Wir bekamen gut zu essen und hatten eine nette Kammer zu dritt. Ich staunte über die vielen feinen Leute, die hier ein- und ausgingen, um ihre Sommerfrische zu verbringen. Die trugen schöne Kleidung und spazierten den ganzen Tag lang durch die Gegend. Manchmal bekamen sogar wir von ihnen ein Trinkgeld, wenn wir auch nie bedienen durften. Das durften nur die ausgelernten Kellnerinnen, die waren oft ein bisschen eingebildet, weil sie einen Beruf erlernt hatten und wir nicht. Doch das war mir gleich, ich war gerne hier mit meinen Schwestern.

Wenn wir unsere Arbeit fertig hatten, trafen wir uns am Abend manchmal alle in einer alten Hütte auf einer Wiese in der Nähe. Da haben wir fröhlich mit den anderen Angestellten gesungen. Singen macht Freude, auch wenn man nicht viel Geld hat. Da hat keiner gefragt, aus welcher Familie wir kommen wie damals in Aldein beim Chor.

Für die Liebe hatte ich bis zu jenem Sommer schlichtweg keine Zeit. Wenn man von frühmorgens bis spätabends arbeitet, kommt man nicht auf solche Gedanken.

Aber irgendwann, ich habe gerade in diesem noblen Gasthaus in Radein gearbeitet, ist der Hermann aus Girlan mit seinem Cousin Adolf des Weges gekommen. Er hatte von einer meiner Schwestern gehört, dass ich jetzt hier arbeite, deswegen war er eigens mit seinem Motorrad zu mir heraufgefahren. Ich war beeindruckt. So etwas hatte noch niemand für mich getan. Er sagte mir ganz offen, dass er so weit gefahren wäre, weil er mich als seine Frau haben wollte. Er hatte mich also auch nicht vergessen. Dann erzählte er mir, was er in all diesen Jahren getan hatte, von der Ernte und von seinen Eltern, von seiner Schwester und vom letzten Sonntagsausflug. Wie schon in seiner Jugend erzählte er unaufhörlich, und ich hörte ihm interessiert zu. Ich freute mich außerordentlich, und dass wir bald heiraten würden, war von Anfang an ausgemachte Sache. Der Hermann hatte mir schon gleich gut gefallen mit seinen grünen Augen. Aber vor dem Heiraten wollte ich noch etwas mehr verdienen, damit ich nicht mit völlig leeren Händen in die Ehe gehen würde.

Im kommenden Herbst habe ich eine neue Arbeit gesucht, näher beim Hermann. Schließlich habe ich in Gries gearbeitet, im Haushalt einer Kaufmannsfamilie. Meine Schwester Rosa hatte vorher dort gearbeitet, danach hat sie mir diese Arbeitsstelle weitervermittelt. Dort hat es mir gut gefallen. Am Sonntag hatte ich frei und musste nicht kochen, da gab mir die Hausfrau für meine Ausflüge sogar etwas zu essen mit. Ich bin meistens mit dem Hermann spazieren gegangen. Es war eine schöne Zeit.

In der Familie waren vier Kinder. Da die Frau ein Geschäft hatte, musste ich kochen, putzen und die Kinder in die Schule begleiten. Es waren nette Leute; ich hatte später noch jahrelang Kontakt mit ihnen.

Meine Schwester Rosa hatte vorher im Trentino einige Jahre lang bei einem hohen geistlichen Herrn gearbeitet. Sie konnte aufgrund ihrer Schulbildung richtig gut Italienisch sprechen und hatte deshalb diese verantwortungsvolle Stelle bekommen. Manchmal habe ich sie dort besucht. Später kam sie bei der Kaufmannsfamilie in den Dienst, bei der ich jetzt war, und inzwischen hatte sie bei einer vornehmen Familie in Bozen einen guten Posten bekommen. Da wir jetzt beide in Bozen arbeiteten, konnten wir uns öfters sehen. Und manchmal fanden wir die Zeit, zu Hause die Mutter und den Vater zu besuchen. Nun war es bequemer als früher, weil inzwischen die *Corriera* endlich auch bis nach Aldein fuhr. Manchmal hat mich der Hermann mit dem Motorrad hinaufbegleitet. Es roch nach Mehl und frischem Brot, wenn ich nach Hause kam. Einer meiner Brüder hatte die Bäckerei übernommen. Oft half mein Vater meinem Bruder noch in der Backstube.

Meine zukünftigen Schwiegereltern waren für mich fast wie noble Leute. Sie fuhren jedes Jahr in Urlaub; das hatte ich noch nie getan. In meiner Familie war überhaupt noch nie jemand in Urlaub gefahren. Im Sommer fuhren Hermanns Eltern einige Wochen nach San Benedetto del Tronto, anschließend noch in die Sommerfrische nach Radein. Ich war beeindruckt. Sie waren sehr freundlich zu mir. Auch Hermanns kleine Schwester mochte ich von Anfang an. Sein Bruder verstarb leider viel zu früh durch einen Vespaunfall, so war Hermann der einzige Sohn der Familie.

Als wir schließlich im Jahr 1961 Mann und Frau geworden sind, haben wir im Zentrum von Girlan einen Hof gepachtet. Der Schwiegervater war noch jung und ist auf dem Hof der Familie in Schreckbichl geblieben. Der Hof in Girlan, den wir gepachtet hatten, war riesengroß. Wir durften im Wohnhaus aber nur zwei Zimmer bewohnen; das wollte die Hausherrin so. Aber ich war glücklich, dass ich das erste Mal einen eigenen Haushalt hatte, für den ich verantwortlich war.

Geholfen hat uns niemand; wir haben alles alleine gemacht. Nur zur Erntezeit stellten wir jemanden an, um uns zu unterstützen. Die ersten Jahre hatten wir noch keine Kinder, und ich konnte schuften wie ein Mann!

Ich weiß noch, dass wir die letzten Bauern in Girlan waren, die ein Ochsenfuhrwerk besaßen. Während andere schon stolz mit ihren Traktoren unterwegs waren, hatten wir noch zwei Ochsen. Es war meistens meine Aufgabe, mit den Ochsen und ihren schweren Fuhrwerken durchs Dorf zu ziehen. Es war enorm anstrengend, da die faulen Viecher oft nicht tun wollten, was ich ihnen sagte. Aber zuletzt folgten sie doch, und ich konnte die vielen Kisten mit Äpfeln und weißen und schwarzen *Weimern* auf- und abladen. Das tat ich meistens allein. Einen Knecht hatten wir ja keinen; also blieb mir nichts anderes übrig. Nur mein Mann und ich haben gemeinsam das zweieinhalb Hektar große Stück bearbeitet.

Auch Schweine hatten wir, meistens an die zehn Stück. Geschlachtet haben wir nicht selber, dafür ist ein Metzger gekommen, aber wir haben selber gewurstet und einen guten Speck gemacht. Die Tiere machten viel Arbeit; sie mussten gefüttert werden und der Stall musste ausgemistet werden. Heute gibt es in Girlan nur mehr einen einzigen Hof mit Viehhaltung.

Natürlich war ich nebenbei für den Haushalt und die Wäsche zuständig. Mittags, wenn mein Mann nach dem Essen rastete, musste ich abspülen und putzen. Abends, wenn er schon auf der Ofenbank saß und das Radio eingeschaltet hatte, bügelte ich und nähte die kaputten Socken. Es gab nie auch nur eine einzige Minute Ruhe für mich, aber das war normal für uns Frauen. Mich hat es zu jener Zeit vielleicht etwas härter getroffen als andere, als Kleinbäuerin mit Ochsen und Schweinen. Aber wir waren gesund und hatten zu essen. Mehr vom Leben zu erwarten, hätte ich mich niemals getraut.

Ruhe gab es für mich nur in der Kirche. Weil wir noch im Zentrum wohnten, ging ich fast täglich zur Frühmesse. Natürlich noch zum *Amt* am Sonntag und zu den meisten Begräbnissen, wenn jemand aus dem Dorf verstorben war. Das war so üblich. Aus jedem Haus musste jemand zu den Beerdigungen gehen, um den Toten die letzte Ehre zu erweisen. In die Kirche ging ich gerne. Ich kniete auf der harten Bank nieder und freute mich auf eine halbe Stunde Ausspannen. Immer wieder fiel eine Kirchgängerin um, da man nüchtern in die Kirche musste. Ich war nie darunter, ich war kräftig und stark.

Eben diese Stärke ist für mich nicht in jeder Lebenslage nur von Vorteil gewesen. Die anderen sagten, die Gusti kann das, die hat Kraft fast wie ein Mann. Geschont wurde ich jedenfalls nie. Da haben es die Kleineren und Schwächeren vielleicht oft leichter gehabt im Leben.

Ich erinnere mich noch genau an einen besonderen Tag in meinem Leben: Ich ging nach der Arbeit in den Reben nach Hause, da sah ich schon von Weitem einen fremden Lieferwagen vor dem Haus stehen. Ich dachte, dass die Hausbesitzer etwas geliefert bekommen, aber der Hermann redete oben auf der Stiege mit einem mir unbekannten Mann auf Italienisch. Verstanden habe ich nichts, deshalb habe ich nur „*Buon giorno*" gesagt und wollte an den beiden vorbei ins Haus gehen. Doch der Hermann hat mich aufgehalten und an der Hand in die Küche geführt, und da habe ich meinen Augen fast nicht getraut: In einer Ecke befand sich eine moderne Waschmaschine, wie sie meine Schwiegermutter schon länger hatte. Das war eine Freude! Das war etwas Gutes; man konnte die schmutzige Wäsche hineintun, und sie kam sauber wieder heraus. So eine Zeitersparnis. Wenn ich daran denke, wie wir früher die Wäsche mit den Händen gewaschen haben, das kann man sich gar nicht mehr vorstellen.

So war er, mein Hermann. Er hatte mir vorher nichts gesagt und wollte mich überraschen. Diese Überraschung war ihm gelungen.

Ab und zu luden wir den Pfarrer zum Mittagessen ein. Er kam, aß mit uns und segnete unser Haus. Bei diesen Anlässen kam er meistens auf unseren Familienstand zu sprechen. Warum noch keine Kinder im Hause wären? Schon drei Jahre verheiratet, was war da los? Die Antwort mussten wir ihm schuldig bleiben, aber angenehm waren diese Gespräche nicht. „Werden schon noch kommen, die Kinder", sagte ich zuversichtlich. Und ich sollte nicht Unrecht haben.

Als im Herbst 1965 endlich mein erster Sohn zur Welt kam, freuten wir uns alle. Gleich beim ersten Mal schon ein Bub, was konnte man sich mehr wünschen, und kerngesund und kräftig dazu. 54 Zentimeter, fast vier Kilo. Nur der Zeitpunkt seiner Geburt, der war nicht ideal. Mitten in der Erntezeit. Und der Bub wollte und wollte zuerst einfach nicht kommen.

Deshalb wurde mir im Bozner Spital ein Kaiserschnitt gemacht. Der wurde noch nach der alten Methode durchgeführt: Ein Riesenschnitt von unten nach oben am Bauch, unter Vollnarkose. Ich konnte anfangs danach kaum gehen und war wegen der Narkose benommen. Zusammen mit fünf anderen Frauen war ich im Zimmer. Das Klo war draußen im Gang, da musste ich hinaushumpeln. Ich blieb fast eine Woche lang im Bozner Krankenhaus, erst danach durfte ich nach Hause.

Ich merkte gleich, dass daheim lange Zeit niemand mehr aufgeräumt hatte: Das Geschirr befand sich schmutzig im Waschbecken. Dreckige Kleidung lag überall herum. Aber mir war das egal. Ich legte mich in mein Bett, das Neugeborene neben mir. Ich war noch müde von der Narkose und wollte nur rasten. Ich schloss die Augen und schlief gleich erschöpft ein.

Doch lange sollte ich nicht zum Ausrasten kommen. Schon nach zwei Tagen kam mein Mann morgens wütend in mein Zimmer herein. Er, der sonst meistens nett zu mir gewesen war, hatte überhaupt kein Verständnis für meinen Zustand. „Mitten in der Erntezeit willst du am helllichten Tag schlafen? Nein, unmöglich! Raus mit dir! Es gibt soviel zu tun – wir brauchen dich jetzt!“, schrie er mich wütend an. Er jagte mich auf die Wiese, zum Äpfelklauben.

Verzweifelt legte ich den Buben in die Mitte vom Doppelbett, damit er nicht hinausfällt, und ging hinaus. Ich klaubte und hatte Schmerzen, aber es half nichts. Ich arbeitete wie eh und je und fühlte mich dabei unendlich schlecht. Ich konnte nicht glauben, dass ich nicht einmal jetzt nach der Geburt Ruhe haben sollte. Aber kräftig, wie ich war, hielt ich auch das aus. Ich erduldete es, ohne nur ein Wort darüber zu verlieren. Zu Mittag rannte ich heim, ich dachte an mein Kind, hoffentlich ging es ihm gut. Es war inzwischen aufgewacht und hatte laut geschrien. Ich hatte es schon von Weitem gehört, als ich ins Haus ging. Ich fütterte es, machte das Essen für uns und spülte das Geschirr. Dann ging ich wieder auf die Wiese zum Klauben. Abends sank ich todmüde ins Bett.

Aber da konnte man nichts machen. „Das tut dem Kind nichts“, wurde mir gesagt, „nur nicht verwöhnen!“ Das konnte ich auch kaum, da ich ihn nur nachts längere Zeit bei mir gehabt habe, meinen kleinen Bub.

Was einen nicht umhaut, macht einen stärker, heißt es. Diesen Spruch habe ich mir gemerkt. Ich glaube, dass er meistens zutrifft, auf mich und mein Leben jedenfalls gewiss!

In dieser Zeit hatte ich wieder einmal ein Riesenglück: Als meine alte Mutter erfuhr, dass ich tagein, tagaus viel Arbeit hatte und das Kind so oft allein lassen musste, kam sie fast jeden Sonntag herab vom Berg und half mir mit der Wäsche und ging mit dem Buben spazieren. Meine Schwester Rosa besuchte mich in jeder freien Minute, und sie häkelte und strickte viele nette und praktische Sachen für unser Kind. Die anderen Schwestern hatten nun fast alle eine eigene Familie, doch wann immer sie konnten, kamen sie und unterstützten mich. Das tat wieder gut, so viele Frauen in der Familie, und alle jederzeit hilfsbereit. Ich habe mich sehr auf diese Sonntage gefreut. Meine Schwiegermutter hingegen half mir eigentlich nie. „Ich habe selber genug zu tun“, sagte sie.

Der nächste Sohn kam schon im Jahr darauf. Aber diesmal war der Geburtstermin ein besserer, im Dezember. Geplant hat man zu meiner Zeit den Zeitpunkt der Geburten nicht, aber ich hatte jetzt eben mehr Glück als beim ersten Mal. Diesmal konnte ich nach dem Kaiserschnitt manchmal daheim ausrasten, weil es stark schneite, und man sowieso nicht hinaus konnte ins Freie. Und Arbeit gab es weniger als im Herbst.

Mein Mann hatte seine Freude mit den Buben, und außerhalb der Erntezeit hatte er endlich mehr Zeit für sie. Es war allerdings eng bei uns in der Wohnung. Die Hausbesitzerin wollte uns keine zusätzlichen Räume zur Verfügung stellen, weil sie Angst davor hatte, dass die Kinder alles kaputt machen würden. Wir haben in diesen zwei Zimmern eben zu viert gewohnt. Es war sehr kalt im Winter; wir haben den Ofen stark geheizt. Aber krank sind meine Kinder fast nie gewesen, vielleicht weil sie von klein auf vieles gewohnt waren. Sie durften in der Wohnung allerdings nicht zu laut sein, wir wollten den anderen nicht lästig sein.

Viel Spielzeug oder Bücher haben unsere Kinder nicht gehabt. Wir hatten wenig Geld und mussten überall sparen. Es ist schon oft hart gewesen zu jener Zeit, weil ich so viel zu tun und nie genügend Zeit hatte, um nach den Buben zu schauen. Bei den Schulaufgaben habe ich sie nie unterstützt. Ich hätte ihnen kaum helfen können, weil ich das Schreiben nie richtig gelernt habe, gar nicht zu reden von Italienisch oder Rechnen. Ich habe aber immer darauf geschaut, dass sie sauber angezogen waren. Wenn die Lehrerin nach Hause geschrieben hat, weil sie eine Hausaufgabe vergessen oder sich in der Schule schlecht benommen hatten, habe ich mit ihnen geschimpft und gesagt, dass sie mehr lernen und sich besser benehmen müssten. Aber sonst konnte ich nicht viel mithelfen in der Schule.

Die Lehrer waren streng und haben oft *Watschen* ausgeteilt. Eine Lehrerin hat sogar manchmal ein Kind an den Stuhl gefesselt oder seinen Mund mit Klebestreifen zugeklebt. Das waren noch Zeiten, fast wie im Mittelalter! Heute gibt es das zum Glück nicht mehr; das war nicht richtig, wie mit den armen Kindern oft umgegangen worden ist. Aber gewehrt hat sich niemand von den Eltern, das hätte sich keiner getraut. Der Lehrer und der Pfarrer waren noch die wichtigsten Persönlichkeiten im Dorf, vor denen man Respekt hatte.

Unsere Buben haben viel mitgeholfen daheim, von klein auf. Das haben sie gerne getan, und sie waren fleißig bei der Sache. Irgendwann habe ich noch einen dritten Buben bekommen. Eine Frau mit drei Söhnen, das war schon etwas. Auch mein Mann war stolz auf mich. Ein kleines Mädchen hätte mich aber auch gefreut. Aber es hat eben nicht sein sollen. Dafür habe ich jetzt drei Enkelinnen.

Gestritten haben mein Mann und ich fast nie, wir hätten auch keine Zeit dazu gehabt. Wenn er doch einmal zornig war, schrie er mich an: „Du weißt ja nichts, du kommst ja von den *Tschurtschen* herunter!“ Das erste Mal war ich beleidigt, doch dann dachte ich, er hat ja recht, genau von dort komme ich. Und dass er viel mehr Verstand hatte als ich, das sah ich ein.

Zu fünft wurde es immer enger bei uns in den zwei Zimmern. Und daneben die vielen Räume, die versperrt waren. Aber wir bekamen trotzdem kein Zimmer dazu. Wir haben uns nicht gewehrt, weil die Chefin eben die Chefin war.

Die Buben mussten leise sein in der engen Wohnung. Das war nicht leicht für sie. Deshalb sind sie meistens hinaus ins Freie. Da konnten sie herumtoben und spielen und niemand hat geschimpft. So haben sie trotz der nicht einfachen Situation eine schöne Kindheit erlebt. Wir haben viel gelacht, und ich war meistens gut aufgelegt. Da war es eigentlich nicht wichtig, dass andere mehr hatten als wir. Meine Buben sind dafür mitten in der Natur aufgewachsen.

Ich habe ihnen oft ein Mus gekocht, das stärkt und macht groß und gesund. „Und macht schönes feines Haar", hat schon meine Mutter gewusst. Oder einen *schwarzplentenen Ribl.* „Das ist gut für eine schöne Stimme", wie meine Mutter oft sagte. Getrunken haben wir meistens Wasser oder Apfelsaft, den wir aus den kleineren oder faulen Äpfeln selbst gemacht haben. Im Sommer habe ich Marillenmarmelade eingekocht. Das Obst habe ich von meinen Schwiegereltern bekommen, die einige Bäume im Garten hatten. Eier hatten wir selber von unseren Hennen, und die Milch sind die Buben bei einem Bauern in der Nähe holen gegangen, mit den blechernen *Milchkandeln.*

Manchmal, wenn nicht gerade Erntezeit war, haben wir am Sonntag alle zusammen einen Ausflug gemacht. Einmal sind wir ins Sarntal gefahren und haben bei den Höfen nachgefragt, ob jemand im Herbst zu uns zum *Wimmen* und Klauben kommen würde. Da haben wir von einer Familie in Windlahn gehört. Wir sind zu ihnen hinaufgefahren, einen sehr steilen Weg, und sie haben dann jahrelang für uns gewimmt. Die Sarnerin ist bis vor wenigen Jahren noch jeden Herbst zu uns nach Schreckbichl gekommen.

Wenn die Erntezeit begann, hat der Hermann bei den Nachbarn dieser Familie in Windlahn ein Schaf bestellt. Wir haben das Schaf verarbeitet, und danach haben die *Wimmer* und Klauber fast täglich *Schöpsernes* als Mittagessen bekommen. Dazu gab es meistens Polenta. In Windlahn gab es zu dieser Zeit noch keinen Telefonanschluss. Deswegen wusste der Hermann nie genau, wann dort geschlachtet wurde, und er hinauffahren sollte, um das Schaf abzuholen. Wir hatten zwar schon länger ein Telefon, konnten den Bauern aber nicht anrufen. Deshalb hat sich der Windlahner etwas einfallen lassen: Wenn es wieder soweit war, hat er ein großes weißes Leintuch aus dem Fenster gehängt. Sobald der Wirt unten im Tal das gesehen hatte, rief er bei uns zu Hause an und sagte, dass wir das Schaf jetzt abholen könnten. Das war eine praktische Art, sich etwas mitzuteilen.

Als wir einmal hinaufgefahren sind, haben wir wie üblich weit oben am Berg geparkt. Das restliche Wegstück mussten wir zu Fuß zurücklegen, denn man konnte nicht mit dem Auto direkt zu diesem Hof gelangen. Wir haben unterwegs zwei Pferde gesehen, die dort grasten, in der Nähe einer tiefen, steilen Schlucht. Später, als wir – das geschlachtete Schaf im Gepäck – wieder nach unten gestiegen sind, war aber nur mehr ein einziges Pferd zu sehen. In der Zwischenzeit war eines die Schlucht hinuntergestürzt, so steil war dort der Weg. Von oben sahen wir es unten liegen.

Ein anderes Mal sind wir ins Ultental gefahren, um Ferkel zu kaufen. Das war eine lustige Fahrt. Drei Buben und sechs Ferkel und wir zwei, alle durcheinander im Fiat Sechshunderter vom Hermann. Die Buben haben versucht, die Ferkel zu halten, aber das war gar nicht einfach. Sie haben die ganze Fahrt lang gelacht, und die Ferkel haben gequiekt, und alle elf sind wir heil zu Hause angekommen. Von diesem Tiertransport haben wir noch lange geredet.

In den Achtzigerjahren hat sich unser Leben völlig verändert. Plötzlich ist meine Schwiegermutter gestorben. Sie war schon länger krank, aber wir hätten nicht gedacht, dass sie schon in diesem relativ jungen Alter stirbt. Sie war noch keine siebzig Jahre alt.

Nun war mein Schwiegervater auf einmal völlig allein auf dem Hof in Schreckbichl. Die Schwester vom Hermann hatte bereits vor ein paar Jahren auswärts geheiratet. Deshalb hat uns Hermanns Vater bald nach dem Tod seiner Frau gefragt, ob wir nicht alle zu ihm hinauf möchten und bei ihm bleiben würden. Ich habe zuerst gesagt, da müssen wir unsere Pachtleute fragen, ob wir dürfen. Für mich war es vollkommen normal, erst um Erlaubnis zu fragen. Aber mein Mann hat mich ausgelacht und gesagt, das verstünde ich nicht, wie dumm ich doch sei. Wir seien freie Menschen, und er wollte gerne auf den Hof seines Vaters.

Wir sind dann im Jahr 1981 mit Sack und Pack nach Schreckbichl gezogen. Für mich war das alles kaum zu glauben. Wir hatten jetzt plötzlich eine eigene Wohnung, ganz allein für uns. Und alle Räume durften betreten werden. In einem Zimmer schliefen mein Mann und ich, das andere Zimmer teilten sich unsere drei Buben. Wir hatten noch eine riesige Küche und ein großes Bad. Der Schwiegervater wohnte im oberen Stock. Ich fühlte mich frei und endlich wie eine richtige Bäuerin. Der Schwiegervater half noch fleißig mit auf dem Hof. Und wie er die Buben gern gehabt hat! Als sie noch kleiner waren, hatte er sie oft mit in die Reben genommen, zum Äpfelklauben, oder manchmal zum Schwimmen und zum Fischen. Oft, wenn er uns im Dorf besucht hatte, stürzten sich alle drei gleichzeitig auf ihn, und ich sagte jedes Mal, „Lasst doch den armen Opa", aber er lachte nur und raufte fröhlich mit ihnen. Als wir nach Schreckbichl zogen, waren die Buben schon größer; trotzdem freuten sie sich, wenn sie ihren Opa sahen.

Noch zu Lebzeiten hat er uns seinen Hof überschrieben, und dabei tat er etwas, was ich ihm nie vergessen werde: Er hat seinen Hof uns beiden überschrieben, dem Hermann und mir. Normalerweise passierte das eigentlich nie, dass auch die Frau etwas bekommt, und der Notar hat uns komisch angeschaut. Wir sind einer der wenigen Fälle in Südtirol, in denen die Erbfolge auf diese Weise geregelt wurde. Aber der Schwiegervater sagte, auf einen Hof gehören Bauer und Bäuerin, das sind wir beide. „Was wäre eure Familie denn ohne die Gusti", sagte er und lächelte mich dankbar an. Ich schämte mich, weil ich es nicht gewohnt war, im Mittelpunkt zu stehen, aber das hätte ich wirklich nie erwartet. Ich werde ihm ewig dankbar dafür sein, weil ich das Gefühl gehabt habe, dass er auch meine Arbeit geschätzt hat, was absolut nicht selbstverständlich war.

Der Schwiegervater hat weiterhin im oberen Stock gewohnt und wir im unteren. Er hat bei uns gegessen, und ich habe mich um seine Wäsche gekümmert und ihm die Wohnung geputzt.

Die Buben hatten es jetzt von Schreckbichl aus ein bisschen weiter bis in die Schule, aber das war nicht schlimm. Der Große ist mit dem Bus in die Oberschule nach Bozen gefahren, die anderen sind noch hier zur Schule gegangen. Wir haben uns alle wohlgefühlt. Der Hof ist jetzt in einigen Jahren ein Erbhof, der einzige Erbhof hier in Schreckbichl. Weil er seit 1818 im Besitz derselben Familie gewesen ist.

Hier lief nun alles besser. Ich bin zwar wie früher noch fast den ganzen Tag lang auf die Wiese gegangen, um im Frühling die Reben zu binden und im Herbst zu klauben und zu *wimmen*. Weiterhin habe ich über Mittag schnell die gröbste Hausarbeit erledigt, unsere und die des Schwiegervaters. Und natürlich habe ich wie eh und je kaum gerastet. Aber es war jetzt doch anders, besser, weil das nun unser Hof war, und wir freier waren und unabhängiger. Mein Mann war stolz auf seine Arbeit, aber jetzt war es eben unser Grund und Boden, den wir bearbeiteten. Nur ein Bauer kann das verstehen; wir hatten viel Freude mit unserem Hof. Und in Schreckbichl scheint noch die Sonne, auch wenn es im Dorf unten schon längst schattig ist. Das ist schon ein schönes Plätzchen.

Zwei meiner Buben sind der Musikkapelle beigetreten, gleich wie meine Brüder. Beim Musikfest habe ich jahrelang dabei geholfen, *Strauben* zu machen, weil die jungen Frauen das nicht mehr können.

Das Fett muss siedendheiß sein, viel Öl muss in der Pfanne sein. Alle haben meine *Strauben* gelobt und ich habe gerne ausgeholfen.

Wir freuten uns sehr, als sich unser zweiter Sohn dazu entschloss, eine Landwirtschaftsschule zu besuchen, um später einmal den Hof zu übernehmen. So bleibt alles in der Familie und die Zukunft des Hofes ist gesichert.

Nur wenige Monate, nachdem wir hierher gezogen waren, gab es ein großes Unglück in unserer Familie. Der Schwiegervater war inzwischen knapp über 70 Jahre alt. Er war sein Leben lang kerngesund. Doch eines Tages kam er nicht wie sonst zu uns herunter, um mit uns zu frühstücken. Da haben wir uns Sorgen gemacht und an seine Wohnungstür geklopft und laut nach ihm gerufen. Doch niemand hat uns geantwortet. Die Tür war verschlossen. Deshalb ist einer meiner Söhne mit der Leiter außen hinaufgeklettert und durch das offene Fenster hinein in die Wohnung. Doch leider kam er zu spät; der Schwiegervater hatte einen Herzinfarkt gehabt und lag schon tot oben in der Wohnung. Wir waren alle traurig, besonders die drei Buben. Sie hatten viele schöne Stunden mit ihm verbracht, und nun war er plötzlich nicht mehr da. Wir haben ihn im Girlaner Friedhof begraben, neben seiner Frau und neben seinem verunglückten Sohn in unserem Familiengrab.

Doch das Leben musste weitergehen. Die Äpfel fragen nicht danach, wie es einem geht, sie wollen geerntet werden. Und so verging ein Ernteherbst nach dem anderen. Mir scheint oft, dass die Zeit jedes Jahr noch schneller vergeht als im Jahr vorher. Aber das sagen wohl alle alten Menschen.

Ja, und inzwischen waren wir schon Großeltern geworden, mein Hermann und ich. Wenn er in den ersten Jahren auch oft fordernd gewesen war, später wurde er von Jahr zu Jahr netter mit mir. Er hat mich überall herumkutschiert mit seinem Auto, einem alten Fiat Duna. Nach Nals und Aldein zu unseren Verwandten, nach Terlan, um frische Spargeln zu bekommen, nach St. Pauls zu meinem Lieblingsmetzger. Er hat viel gelacht und überall Bescheid gewusst, ganz anders als ich. Auch war er ein guter Opa, wie es schon sein Vater gewesen war. Fast jeden Tag hat er seinen ältesten Enkel, der ganz in der Nähe von uns wohnte, voller Stolz herumgetragen. Alles wollte er ihm zeigen und erklären. Doch leider sollte er seine Enkel nicht lange genießen dürfen.

Mein Mann ist bis fast zuletzt in die Berge gegangen. Er war ein geübter Wanderer und Bergsteiger. Er hat viel jünger ausgeschaut und war stark und gesund. Doch plötzlich, mit knapp 70 Jahren, ging es ihm plötzlich nicht mehr gut. Bei einem Arzt war er zeitlebens nicht gewesen, und leider ging er erst zu einem, als unsere Kinder darauf bestanden. Doch dann war es schon zu spät. Er hat nicht mehr lange gelebt. Da bin ich schon sehr traurig gewesen. 46 lange Jahre hatten wir zusammen verbracht. Kurz nach seinem Tod ist eine Enkelin von mir auf die Welt gekommen. So ist es eben in den Familien: „Der eine muss Platz machen für den anderen“, hatte schon meine Mutter oft gesagt.

Nach Hermanns Tod hat sich mein Leben schlagartig verändert. Mir fehlte es an nichts, und alle waren nett mit mir. Aber die Kinder arbeiten, und ohne meinen Hermann ist es manchmal einsam. Ins Dorf komme ich nicht mehr alleine, deswegen bin ich meistens daheim auf dem Hof. Und da ist es schon oft leer ohne meinen Mann. Ich habe es ja sonst gut. Ich kann meine Enkel sehen, so oft ich will, und kann noch ein bisschen aushelfen in der Landwirtschaft.

Vor einem Jahr wäre fast alles anders gekommen: Im Herbst stand plötzlich eine Frau in der Küche, die hieß Ilona oder so ähnlich und kam aus Ungarn. „Das ist jetzt deine *Badante*", haben die Jungen gesagt, „die kann dir helfen, damit du es nicht zu streng hast. Die Nachbarin hat auch eine, mit einer Pflegerin im Haus geht es dir bestimmt besser."

Da habe ich mich aber gewehrt, das erste Mal in meinem Leben habe ich gesagt, was zu tun ist. Mir helfen? Mich bedienen? „Ich brauche keine Badante!", habe ich gerufen, „ich schaffe meine Arbeit schon alleine!" Ich habe die Frau Ilona gleich wieder verschickt und gesagt, sie solle sich woanders etwas suchen, ich will sie jedenfalls nicht bei mir haben. Das hätte mir noch gefehlt. Die Ungarin ist danach nie mehr gekommen. Das haben die Jungen jetzt schon verstanden, dass ich noch gut für mich selbst sorgen kann.

Als ich gefragt wurde, ob ich damit einverstanden bin, in diesem Buch vorzukommen, habe ich mich zuerst nur gewundert. Harte Jahre ja, die haben wir zu unseren Zeiten alle erlebt, aber ich – eine starke Frau? Ich war wie alle Frauen, wir haben nur gearbeitet und gebetet. Kinder, Küche, Kirche, das waren die drei Themen, die eine Frau ihr Leben lang begleiten sollten. Doch da wurde mir erklärt, dass ich ein lebendiges Beispiel bin für eine dieser starken Frauen, die ihr ganzes Leben lang nur an die anderen gedacht haben und ein Leben gelebt haben, wie es heutzutage nicht mehr denkbar ist. Und jetzt bin ich doch froh darüber, dass ich zugestimmt habe. Ich hatte viele Sachen aus meinem Leben schon fast vergessen gehabt. Die Zeit ist so schnell vergangen...

Und durch diese Erinnerungen können die Frauen von heute sehen, wie es uns ergangen ist. Auch wenn sie es sich wahrscheinlich gar nicht mehr vorstellen können.

S. M. E.

Die Füchsin

Margareth W., Jahrgang 1943, Brixen

Leise summende Geräusche nehme ich wahr, ganz in meiner Nähe. Es tropft unablässig, wie ein kaputter Wasserhahn. Und Stimmen höre ich aus der Ferne, viele Stimmen, die ich nicht zuordnen kann. Mein Kopf schmerzt, ich öffne langsam die Augen und sehe mich um. Ein weißer Raum. Weiße Bettlaken, weiße Möbel, eine weiße Wand. Wo bin ich?

Plötzlich beugt sich jemand über mich, eine mir völlig fremde Stimme spricht mich an. „Margareth, wie geht es Ihnen?" Ich blicke in ein ovales Gesicht, zwei dunkle Augen schauen mich freundlich an. Die Kleidung der Frau ist blütenweiß. Nun habe ich langsam eine Ahnung, wo ich wohl sein könnte. Das ist nicht der Himmel, sondern ein Krankenhaus. Das Brixner Krankenhaus, das ich gut kenne, viel zu gut. „Sie haben stundenlang geschlafen; wir haben uns große Sorgen um Sie gemacht."

Ich versuche mich zu erinnern, aber dazu bin ich noch nicht imstande. Müde lächele ich sie an, dann schließe ich wieder erschöpft die Augen. Ich will nur schlafen.

Als ich später wieder aufwache, wird ein Arzt gerufen. „Frau Margareth", beginnt er, „Sie schon wieder! Wie oft sind Sie in diesem Jahr zu uns gekommen?"

Ich zögere mit der Antwort, weil ich es selbst nicht genau weiß. Meine Krankenhausaufenthalte waren in letzter Zeit leider fast schon an der Tagesordnung. „Wieder der Kreislauf?“, fragt er mitfühlend.

Ich nicke traurig. Ich schäme mich, zum x-ten Mal zu erzählen, warum ich mich in letzter Zeit derart kraftlos fühle, so verzweifelt hoffnungslos.

„Hat er wieder getrunken?“, fragt der Arzt nun mit einem etwas schärferen Ton in der Stimme.

Zum zweiten Mal nicke ich. Auch wenn ich mich nicht mehr genau erinnern kann, dass mein Mann der Auslöser sein musste, so ist dies nicht nur dem Arzt, sondern auch mir klar. „Margareth!“ Er ist ein junger Mann, wahrscheinlich noch nicht viele Jahre im Dienst. Er schaut mich nun eindringlich an. „Sie müssen ihn verlassen. Was soll noch alles passieren? Sie müssen endlich den Mut aufbringen, diese Beziehung ein für alle Mal zu beenden. Warum sehen Sie das nicht endlich ein?“

„Aber ...“, beginne ich, doch er lässt mich nicht ausreden.

„Welche Ausrede haben Sie diesmal für Ihren Mann? Die Kinder? Die sind doch schon fast erwachsen. Die Kirche? Niemand kann wollen, dass Sie auf diese Weise behandelt werden. Die Leute? Ich glaube nicht, dass es jemanden gibt, der Sie nicht verstehen würde.“

„Und er?“ Meine Stimme wird nun lauter. „Was wird aus ihm?“

Nun schweigt der Arzt, aber nur kurz. „Und was wird aus ihm, wenn Sie diese Situation nicht überleben? Dann haben Ihre Kinder keine Mutter mehr, nur einen Alkoholiker als Vater. Und Sie sind daran schuld, Frau Margareth.“ Eindringlich sieht er mich an. Damit steht er auf und verlässt ohne ein weiteres Wort das Zimmer.

Sollte ich ihn wirklich verlassen? Nach all diesen unzähligen Jahren? Ist nun endlich der Zeitpunkt gekommen? Ich starre auf die weiße Farbe am *Oberboden*. In den Ecken bröckelt sie schon etwas ab. Hier müsste dringend nachgeweißelt werden. Das Fenster ist sauber geputzt. Die ersten Sonnenstrahlen machen sich bemerkbar. Es ist März, fast schon Frühlingswetter. Ich versuche, die Angst zu verdrängen, die in mir hochkommt. Soll ich den Schritt endlich wagen? Ist es wirklich schon zu spät für uns?

Dabei habe ich ihn einmal so geliebt. Es hat alles so schön begonnen, unwirklich schön, fast wie in einem Liebesfilm.

*

Ich war 17 Jahre jung. Beim Kirchgang hatten wir uns getroffen – ausgerechnet. Am Kassiansonntag nach der Prozession. Wir gingen nach Hause, beide in dieselbe Richtung. Der Weg von der Stadt hinauf nach Albeins, wo ich damals wohnte, war steil, und als ich ihn zum ersten Mal sah, blieb mir fast das Herz stehen. „Der ist aber schneidig", dachte ich bei mir. So einen gut aussehenden jungen Mann hatte ich noch nie gesehen. Groß, dunkle Haare, blaue Augen, ein markantes Gesicht und eine männliche Figur.

Wahrscheinlich starrte ich ihn unverblümt an, denn er riss mich aus meinen Gedanken und sagte: „Hoi, wer bist denn du? Kennen wir uns von irgendwoher?"

„Ich bin die Margareth aus Albeins", antwortete ich leise. „Und wer bist du?"

Nun lachte er mich an. „Ich bin der Stefan aus Sterzing, und seit Kurzem wohne ich hier in der Nähe bei meinem

Onkel; dort arbeite ich. Kommst du auch von der Prozession?“

Ich nickte, da lachte er mich wieder an.

„Und warum bleibst du da stehen? Musst du nicht mit? Komm, wir gehen zusammen ein Stück.“

Ich errötete, dann ging ich an seiner Seite hinauf bis zur Abzweigung, an der sich unsere Wege trennten.

Am nächsten Sonntag wartete er wie selbstverständlich auf mich und gemeinsam gingen wir den Weg zur Kirche und zurück bis zur Weggabelung, wo sich unsere Wege abermals trennten. Wir hatten die ganze Zeit über kein einziges Wort gesprochen, aber manchmal hatte er einen Zweig vor mir entfernt oder mich gestützt, wenn der Weg besonders steil war. Eigentlich wäre das nicht nötig gewesen, ich kannte hier jeden Stein und war in der Natur aufgewachsen; doch ich freute mich über seine stummen Liebenswürdigkeiten.

„Bis zum nächsten Sonntag, schönes Mädchen“, grüßte er mich, drehte sich schnell um und ging weiter.

Und danach sahen wir uns jede Woche, Sonntag für Sonntag, auf dem Weg zur Kirche und wieder zurück. Er wartete immer auf mich, grüßte nur kurz und ging an meiner Seite dahin. Wir sprachen kaum miteinander, was mich aber nicht weiter störte. Er war ein paar Jahre älter als ich. Er kannte niemanden in der Gegend, und ich war mutterseelenallein; deswegen passten wir wohl gut zusammen.

Irgendwann wollte er mich einmal zu Hause besuchen, doch meine Tanten, bei denen ich zu jener Zeit wohnte, ließen ihn nicht einmal das Haus betreten. Sie hatten kein Interesse an der Bekanntschaft mit einem „dahergelaufenen

Habenichts“ und gaben ihm nicht einmal die Möglichkeit, sich vorzustellen.

Ein paar Wochen später kam, was wohl kommen musste: Während wir nach der Messe nach Hause gingen, blieb er plötzlich stehen und küsste mich, mitten auf den Mund. Mir schoss das Blut in den Kopf, ich stand da und wusste nicht recht, was ich tun sollte, und da hob er mich auf und trug mich wie ein Kind über den Zaun hinüber auf die Wiese, dorthin, wo uns niemand sehen konnte. Ich wehrte mich nicht, als er mir das Kleid auszog, schnell und fordernd. Seine Augen waren hart und dunkel, er küsste mich und warf sich über mich. Was dann genau passierte, kann ich nur ahnen; ich erinnere mich nur daran, dass ich mich nachher schämte und weinend nach Hause lief. Ich war noch nicht aufgeklärt und vollkommen unschuldig; niemand hatte je mit mir über solche Themen gesprochen. Und dennoch hatte ich das Gefühl, dass wir etwas Unrechtes getan hatten.

So ging es von nun an jeden Sonntag. Einerseits freute ich mich auf Stefan, um ihn zu sehen und ihn zu küssen. Das andere machte mir etwas Angst, aber ich wusste wohl, dass es so sein musste.

Ich hatte wie so oft in meinem Leben Pech: Es dauerte nicht lange und mein Bauch wuchs und wuchs; und da bereute ich, was wir getan hatten, aber da war es wohl schon zu spät. Die Tanten durften nichts erfahren; davor hatte ich schreckliche Angst. Also aß ich viel mehr als je zuvor, damit alle glauben sollten, dass ich dick wäre, nicht schwanger. Aber es nützte nichts. Da ich mich häufig schlecht fühlte, sagten sie nach wenigen Wochen, ich sollte einmal zum

Doktor gehen und mich untersuchen lassen. Schon im dritten Monat hatten mich die ledigen Tanten durchschaut. Selber kinderlos und jungfräulich fromm waren sie entsetzt über meine Neuigkeit.

Was nun für mich folgte, erschien mir wie die Hölle auf Erden. Zur Strafe durfte ich das Haus nicht mehr betreten, nie mehr in meinem Leben. Ich musste im Stall schlafen, draußen bei den Tieren.

Die Dorfbevölkerung war zweigeteilt: Die einen waren überzeugt davon, dass meine Tanten richtig handelten, mit einem verdorbenen Ding wie mir. Die anderen aber fanden es doch übertrieben, ein schwangeres minderjähriges Kind wie mich im Stall wohnen zu lassen. Aber es half alles nichts: Sie blieben stur. Manchmal brachten sie mir etwas zu essen, aber meistens ernährte ich mich von der frischen Kuhmilch und den Eiern der Hennen, mit denen ich zusammenlebte. Ich verrichtete die Arbeit im Stall und auf den Feldern, die ich bisher für die Tanten gemacht hatte, weiter wie bisher, sonst hätte ich wohl nicht einmal im Stall wohnen dürfen. Das war anstrengend mit dem Bauch, aber ich traute mich nicht zu klagen, da es ja eigentlich nur meine Schuld war. Davon war ich überzeugt.

Stefan war nicht begeistert über die Neuigkeit, die ich ihm bald erzählte. Es schien, als wollte er nichts mehr mit mir zu tun haben, seit ich schwanger war. Er benahm sich mir gegenüber sehr seltsam. An den Sonntagen wartete er nicht mehr auf mich, ich sah ihn in der Kirche nur mehr von Weitem. Ich traute mich kaum, zu ihm hinüberzusehen, um ihn nicht vor allen bloßzustellen. Ich saß links bei den Frauen, er rechts bei den Männern. Obwohl mich alle komisch anstarrten – mit meinen feuerroten Haaren, meinem Mädchengesicht und dem kugelrunden Bauch – ging ich jeden Sonntag in die Kirche, weil ich hoffte, dass er wie früher mit mir hinaufgehen würde. Aber stattdessen rannte er fast den Berg nach oben; ich konnte ihm in meinem Zustand nicht nachkommen.

Er schien sich aber doch Sorgen um mich zu machen, weil er mir manchmal heimlich etwas zu essen brachte. Er ließ sich nie sehen, doch manchmal lag beim Stallfenster ein Stück Speck oder ein Brot, das er mir gebracht hatte. Zuerst dachte ich, dass jemand vom Dorf mit mir Erbarmen gehabt hätte; doch einmal hörte ich nachts Geräusche, und als ich aus dem Fenster sah, konnte ich ihn gerade noch erspähen, bevor er im Gebüsch verschwand. Ich freute mich über diese Aufmerksamkeiten; es waren damals meine einzigen Freuden, weil er mich wohl doch nicht ganz vergessen haben konnte.

Was ich zu jener Zeit noch nicht wusste: Stefan hatte eine andere. Zu Hause in Sterzing hatte er einem Mädchen die Ehe versprochen, und ich hatte ihm seine Pläne durchkreuzt. Er hatte also zwei Freundinnen zugleich gehabt, und ich war nun von ihm schwanger.

Es dauerte einige Monate, bis Stefan plötzlich doch noch bei mir erschien. Er kam in Begleitung unseres Dorfpfarrers. Stefan blickte mürrisch drein, er grüßte mich gar nicht, sondern setzte sich wortlos auf die Bank, die vor dem Wohnhaus stand. Die Tanten streckten ihre Köpfe aus dem Fenster, sie trauten sich nicht heraus. Wahrscheinlich schämten sie sich vor dem Geistlichen. Dieser rief mich von der Arbeit aus dem Stall heraus, dann begann er, langsam mit uns zu sprechen. „Du bist eine Sünderin, mein Kind. Keine achtzehn Jahre alt und schon schwanger. Du bringst

Schande über deine Familie und über deinen Namen. Und du warst noch nicht einmal bei der Beichte!", schimpfte er.

Ich blickte auf den Boden, schaute das Gras an und die kleinen Steine, die den Weg säumten.

„Du hast diesen jungen Mann verführt", sprach er weiter. „Ich weiß nicht, ob er dir verzeihen kann. Aber nun ist es einmal, wie es ist. Ihr müsst heiraten, sonst bringt ihr Schande über unser Dorf." Die letzten Worte hatte er fast geschrien. Ich hielt meinen Bauch und blickte zu Stefan hinüber. Heiraten? Wollte er das?

Stefan schaute mich nicht einmal an. Abrupt stand er auf, sah den Pfarrer an und nickte. „Gut!", der Geistliche schaute zufrieden aus. Er hatte seine Pflicht getan. „Am nächsten Donnerstag bei der Frühmesse traue ich euch. Oben in der kleinen Kapelle. In diesem Zustand kommt ihr mir nicht in die Kirche." Er schaute noch kurz abfällig auf meinen Bauch, drehte sich um und schritt schnell davon. Stefan zögerte noch, dann verließ auch er mich ohne ein Wort des Grußes.

Ich würde also heiraten. Die Tanten, die alles mit angehört hatten, traten jetzt aus dem Haus heraus. „Du hast gehört, was der Pfarrer gesagt hat", sagten sie mit einem gehässigen Unterton. „Du wirst diesen Habenichts heiraten, und danach wollen wir dich nie mehr hier sehen. Glaub nur nicht, dass wir dir jetzt noch unseren Hof vermachen. Du wirst es noch bereuen, ein derart schamloses Kind zu sein." Damit ließen sie mich stehen und gingen ins Haus zurück.

Erst später erfuhr ich zufällig, dass sie sich für mich eigentlich etwas anderes ausgedacht hatten. Franz, ein Verwandter des Pfarrers, hätte mein Ehemann werden sollen. Er war bereits öfters auf dem Hof zu Besuch gewesen, doch ich hatte ihn von Anfang an nicht ausstehen können. Wenn ich bei der Arbeit Hilfe benötigt hätte, saß er nur faul herum. „Franz, *hilf mir bitte amoll, i hon so viel zu tian*", sagte ich oft, doch er lachte mich nur schief an. Ich hasste ihn. *„Donn fliag o, bisch mir lei im Weg"*, rief ich uand verscheuchte ihn von der Bank, auf der er in der Sonne saß.

Aber nun war es eben völlig anders gekommen. Das Einzige, das mich freute, war, dass ich endlich von hier wegkommen sollte. Die wenig schönen Erinnerungen, die ich mit hier verband, taten mir bis ins Herz weh; ich wollte nur weg, endlich weg von hier!

Am Donnerstag gaben mir die Tanten meine Auszahlung für viele Jahre Schwerstarbeit auf dem Hof mit: ein einfaches Dirndl, ein Stück Brot und ein paar Lire. Sie grüßten mich nicht und gingen nicht mit in die Kirche.

Stefan holte mich nicht einmal ab. Ob er wohl überhaupt kommen würde? Doch, als ich bei der kleinen Kapelle ankam, stand er schon dort, in Begleitung seines Onkels, der mich herablassend anblickte. „Wo sind deine Tanten?", fragte er mich mit einer schneidenden Stimme.

„Die wollen mit mir nichts mehr zu tun haben", antwortete ich ehrlich.

„Da hast du dir ja was Schönes angelacht", rief der Onkel und schlug seinem Neffen grob auf den Hinterkopf. „Und ich habe dir noch zugeredet, dass der Rotschopf einen Hof von den Tanten bekommt. Und jetzt? Nichts habt ihr, ihr Hungerleider." Damit ging er davon, und Stefan und ich standen verlassen vor der Kirche.

Ich ging einen Schritt auf ihn zu. „Hast du mich deshalb am Kassiansonntag angeredet?", fragte ich und schaute ihm direkt in die Augen. Er schaute mich nicht an, sondern blickte in die Ferne, wie wenn ich gar nicht da wäre. Da trat schon der Pfarrer aus der Kirche und sagte, wir sollten uns beeilen, er hätte nicht den ganzen Tag Zeit. Schnell traten wir in die Kapelle und waren in kürzester Zeit Mann und Frau. Der Pfarrer wünschte uns alles Gute und eilte davon.

Nun konnte Stefan wohl kaum wie sonst einfach von mir fortrennen, dachte ich. Doch da hatte ich mich wohl getäuscht. Mit raschen Schritten entfernte er sich von mir. „Stefan!“, schrie ich ihm hinterher. „Wo gehst du hin? Was soll ich jetzt machen?“ Ich rannte ihm nach, doch er ging weiter, und ich kam ihm nicht nach, da setzte ich mich auf den Boden und weinte. Ich war schrecklich unglücklich darüber, dass er nun endlich mein Mann war und doch nur weg wollte von mir. Ich schluchzte so herzzerreißend, dass ich ihm wahrscheinlich doch leidtat, denn plötzlich kam er zurück und riss mich vom Boden hoch. „Komm“, herrschte er mich an, „was sollen denn die Leute denken, wenn jemand vorbeikommt.“ Dann ging er weiter, aber nun langsamer, damit ich mit ihm Schritt halten konnte.

Er begleitete mich an den Stadtrand von Brixen hinunter in ein Haus etwas außerhalb vom Zentrum. Er hatte wohl schon vorgesorgt, denn er hatte für uns eine winzige Wohnung gemietet, ein Zimmer und eine kleine Küche, das Klo war außerhalb des alten Hauses. Trotzdem freute ich mich; das war um einiges besser als im Stall zu wohnen, fand ich.

Er nahm mich an der Hand und führte mich ins Haus hinein. Obwohl er wütend war, glätteten sich nun seine

Züge, er war stolz auf das, was er geleistet hatte und wurde dafür belohnt, weil ich ihn bewundernd anschaute und ihm für alles dankte. Er zeigte mir die kleinen Räume und den Schrank, in dem etwas zu essen war, und nahm etwas heraus; dann ging er voraus ins Freie. Ich folgte ihm wie selbstverständlich. Er ging mit mir etwas hinauf auf eine Wiese, dort breitete er eine Decke aus, setzte sich auf den Boden und nahm das Stück Speck heraus, das er vorher eingepackt hatte. Ich hatte noch mein Brot, das ich von den Tanten als Hochzeitsgeschenk bekommen hatte. Stefan nahm sein Taschenmesser aus der Hosentasche und schnitt Speck und Brot und gab mir zu essen. Zufrieden aß ich, ich hatte einen Heißhunger, denn in der Kirche waren wir natürlich nüchtern gewesen.

Da lächelte er mich endlich an. „Herzliche Glückwünsche, mein Eheweib", sagte er und schüttelte mir die Hand. „Du bist noch minderjährig; nun muss ich alles für dich unterschreiben." Da lachte ich und gratulierte ihm ebenfalls. Ich wollte ihm einen Kuss geben, doch er wehrte mich ab. Da lehnte ich mich einfach an ihn und schloss die Augen. Vielleicht sollte sich doch noch alles zum Guten wenden? Nun, mit Gottes Segen, hoffte ich endlich auf etwas Liebe und Glück in meinem Leben.

*

Es klopft an der Tür. Meine Nachbarin tritt herein und bringt mir frische Blumen und die Zeitschrift, die ich am liebsten lese. „Du musst ihn endlich verschicken", beginnt sie mit zorniger Stimme. „Das macht dich fertig, du kannst nicht mehr mit ihm zusammenleben. Er schlägt alles kurz und klein und schreit die ganze Nacht hindurch; das hört man ja bis zu uns herüber. Du kannst kaum noch schlafen; da muss man ja krank werden."

Traurig sehe ich sie an. Sie hat ja recht. Wenn Stefan getrunken hat, ist er ein anderer Mensch. Aufbrausend und böse und brutal. Wann hat er eigentlich angefangen mit dem Alkohol? Ich weiß es selbst nicht mehr; mir kommt es fast vor, als ob es immer schon so gewesen wäre. Alkohol ist ein Gift, das die Menschen zerstört. So viele kaputte Ehen, so viele traurige Familienverhältnisse ...

Die Nachbarin bleibt noch eine Weile und versorgt mich mit allerhand Neuigkeiten aus dem Dorf. Der eine Nachbar hat ein Magengeschwür, die andere Nachbarin ist in Urlaub auf Mallorca, und die dritte gemeinsame Bekannte hat sich einen jungen Liebhaber geangelt. Der arme Ehemann. Wir *ratschen* noch eine gute halbe Stunde miteinander und bedauern die einen und belächeln die anderen, wie so oft bei unseren Zusammentreffen. Doch bevor sie geht, gibt sie mir die Hand und sagt nochmals eindringlich: „Margareth, es reicht. Bitte trenn dich von ihm. So kann es nicht mehr weitergehen."

Nachdem sie gegangen ist, spüre ich wieder diese Leere in mir, diese Sinnlosigkeit. Ich denke zuviel nach in letzter Zeit; das schadet nur, hat der Arzt gesagt. Und dass ich dauerhaft krank werden könnte, wenn ich nicht bald etwas ändere.

Doch es gibt zuviel in meinem Leben, das ich noch nie richtig verarbeitet habe. Hier auf dem Krankenbett bin ich gezwungen, mich meinem Leben und meiner Vergangenheit zu stellen. Die Fragen, die dabei aufkommen, sind unangenehm für mich. „Warum gibt es eigentlich

Menschen, die sich fast alles gefallen lassen?“, denke ich mir. „Warum sind die einen immer die Siegertypen und die anderen die geborenen Verlierer?“

Ich stand von Anfang an nicht auf der Sonnenseite des Lebens. Schon als Kind habe ich miterlebt, was es heißt, alleine dazustehen und niemanden zu haben. Was es heißt, wie der letzte Dreck behandelt zu werden.

*

An meine Mutter habe ich nur wenige Erinnerungen. Meistens war sie müde und abgearbeitet. Sie stand unter Dauerstress; fast jährlich bekam sie ein Kind und das mit einem groben, herrschsüchtigen Mann, meinem Vater. Sie hatte kaum Zeit, sich um alle ihre Kinder zu kümmern. Ich war die Älteste von fünf Kindern, deshalb musste ich bereits in jungen Jahren daheim mithelfen. Allein hätte meine Mutter die erdrückende Arbeit nicht geschafft. Trotzdem hatte sie für mich manchmal ein Lächeln übrig, wenn auch nur ein schwaches. Sie hatte es eben nicht leicht im Leben.

Als sie meinen Vater kennenlernte, war sie angeblich eine Schönheit, wie es nur wenige in unserer Gegend gab. Ich erinnere mich an ihre langen dunkelblonden Haare. Sie hatte sie stets hochgesteckt wie alle verheirateten Frauen. Hier und da trat eine widerspenstige Strähne aus dem Knoten und umspielte ihr Gesicht. Ihre Augen waren tiefblau und sehr gütig. Unter den Augen hatte sie jedoch dunkle Schatten. Trotzdem kam sie mir als Kind wunderschön vor. Sie sah irgendwie traurig aus und sprach nicht viel. Wir umarmten uns nie, das taten in meiner Kindheit eigentlich die wenigsten, aber wenn ich abends nicht gleich einschlafen konnte, setzte sie sich manchmal an mein Bett und drückte liebevoll meine Hand.

Meine Mutter war bei ihrer Hochzeit blutjung. Sie heiratete ihren zwanzig Jahre älteren Mann bereits mit 18 Jahren. Sie war selbst ein lediges, vaterloses Kind, und deswegen wünschte sie sich wohl sehnlichst eine eigene intakte Familie.

Meinen Vater habe ich in keiner guten Erinnerung, da er mir nie so etwas wie Liebe zu zeigen vermochte. Er erschien mir riesengroß und hatte schon, als ich noch klein war, graue Haare. Er lachte nie und war sehr streng mit uns. Die einzigen Worte, die er an mich richtete, waren Befehle oder Schimpftiraden. Obwohl ich versuchte, eine gute Tochter zu sein, konnte ich ihm einfach nichts recht machen.

Mein Vater war verbittert, weil ihm ein großes Unrecht widerfahren war. Für ihn bedeutete die Heirat mit meiner Mutter den Verzicht auf den Besitz des Hofes, auf dem er aufgewachsen war. Sein Vater, dem der Hof gehört hatte, hatte nämlich ein äußerst seltsames Testament hinterlassen: Er vererbte den schönen Hof meinem Vater und dessen zwei Schwestern – falls jemand der drei Geschwister jedoch heiraten sollte, würde er leer ausgehen. Was genau sich mein Großvater bei diesem Testament gedacht hat, kann ich mir bis heute nicht vorstellen. Vielleicht befürchtete er, dass seine Töchter ledig bleiben würden und mittellos. Oder er war einfach ein komischer Kauz, der seine Nachwelt zum Abschluss seines Lebens noch ärgern wollte.

Mein Vater jedenfalls hatte diese Klausel im Testament nicht ernst genommen. Vielleicht war er aber auch von der atemberaubenden Schönheit meiner Mutter beeindruckt gewesen. Er war ein gottesfürchtiger Mensch, der wohl nie mit einer Frau zusammengelebt hätte, ohne mit ihr verheiratet zu sein. Also heiratete er, und es dauerte nicht lange, bis ihn seine Schwestern vor die Tür setzten. Da er der einzige Mann im Haus war, musste er den Hof zwar nicht verlassen, wir mussten jedoch in einem kleinen Häuschen wohnen, in dem Zubau, eigentlich eine Selchküche. Unsere Familie lebte mehr schlecht als recht auf engstem Raum. Der Vater arbeitete für seine Schwestern als schlecht bezahlter Knecht; gleichzeitig versuchte er, sich durch Waldarbeiten etwas zusammenzusparen, um nicht ewig von ihnen abhängig zu sein.

Die Tanten waren kalt und böse. Als ich klein war, durften wir ihre Stube nie betreten. Ich habe sie nie lachen gesehen, sondern ständig streitsüchtig und mit schriller Stimme erlebt. Für meine arme Mutter hatten sie nie ein nettes Wort, sie empfanden sie als Eindringling in ihre Familie. Meine Mutter erlebte ein schweres Schicksal. Mein Vater hörte bald nach der Hochzeit damit auf, sie freundlich zu behandeln. Durch die harte Arbeit und den Verlust seines Erbes war er ein wortkarger und strenger Mann geworden. Oft hat er sie geschlagen; auch wir Kinder haben unter seiner Gewalt gelitten. Trotzdem betrachtete er sich als kirchentreu. Er ging zwar fleißig in die Kirche, und bei uns wurde der Rosenkranz wie damals üblich täglich gebetet, aber sonst spürte man nur wenig von seiner christlichen Nächstenliebe.

Viele Erinnerungen an diese Zeit habe ich nicht, da ich noch sehr klein war. Aber manche Ereignisse vergisst man nicht, auch wenn man es noch so gerne möchte.

Eines Tages, ich war vielleicht fünf Jahre alt, passierte etwas Einprägendes, das ich gerne aus meinem Gedächtnis löschen würde. Es war eiskalt draußen, mitten im Winter. Meine Mutter hatte den Ofen in der Stube, unserem einzigen warmen Raum, geheizt, sodass es wohlig warm war. Sie wollte ihr kleinstes Kind baden, das etwa ein Jahr alt war. Draußen war es schon dunkel, obwohl es erst später Nachmittag war. Mutter hatte einen Bottich mit Wasser gefüllt und wusch das Baby, das quietschvergnügt war und im warmen Wasser planschte. Das feine Gesicht meiner Mutter sah müde aus, aber sie erfreute sich am fröhlichen Schreien ihres Jüngsten.

Da plötzlich öffnete sich die Tür, und unser Vater trat in die Stube herein. Wie immer grüßte er uns nicht, sondern zog wortlos die Pantoffeln an, die ich ihm wie jeden Abend brachte. Sein Gesicht war streng und müde, dann fiel sein Blick auf das vor Freude quietschende Baby im Waschbottich. „Was soll das?“, fragte er mit zorniger Stimme.

Mutter getraute sich kaum, ihn anzusehen. „Ich bade das Kind“, antwortete sie leise.

„Warum erst jetzt?“, fragte er wieder.

„Ich hatte viel zu tun, vorher habe ich es nicht geschafft“, antwortete sie mit ängstlicher Stimme.

Wütend setzte sich mein Vater auf die Ofenbank. „Bring es raus, jetzt sofort“, forderte er. „Jetzt ist Zeit für das Rosenkranzgebet. Jetzt wird nicht gebadet.“

„Aber ... es ist so fröhlich und das Wasser ist warm ...“, versuchte meine Mutter ihn umzustimmen.

Doch er ertrug keine Widerrede. „Wir beten jetzt“, sagte er leise.

„Aber ...“, begann meine Mutter nochmals.

Doch es war zu spät. Erbost erhob sich mein Vater. *„Mir tian nit nockete Kinder anbeten!“*, schrie er. Er packte mit einer Hand die kleine Wanne mitsamt dem Kind, öffnete mit der anderen Hand die Tür und warf die Wanne und das splitternackte Kind hinaus in den Schnee. Meine Mutter schrie auf und rannte hinterher, das Baby heulte laut, und wir anderen Kinder starrten entsetzt auf unseren Vater. Dieser kniete sich nieder und begann laut zu beten. Sofort taten wir es ihm gleich, nie hätten wir uns getraut, uns ihm zu widersetzen. Mutter aber weinte laut und hielt ihr Kind in den Händen. Sie klang so verzweifelt und herzzerreißend; am liebsten hätte ich das Beten unterbrochen und sie getröstet. Doch das hätte ich mich nie getraut, zu oft hatte ich schon Vaters harte Hand gespürt.

Als ich sechs Jahre alt war, erlebte meine Mutter eine außergewöhnlich schwere Geburt. Meine jüngste Schwester wollte und wollte einfach nicht auf die Welt kommen. Als sie schließlich doch kam, war meine Mutter derart erschöpft von der Geburt, dass sie vom Wochenbett nicht mehr aufstehen konnte. Sie wurde schwerkrank. Langsam erstarben ihr Lebenswille und ihre Hoffnung auf ein besseres Leben. Sie sah immer noch schön aus, wie sie dalag in ihrem Bett, mit den offenen Haaren und dem blassen Gesicht, noch keine dreißig Jahre alt.

Mein Vater kam nun immer öfter spätabends nach Hause, er konnte es wohl nicht mit ansehen, wie seine Frau schwerkrank im Bett lag. Auch wenn er es ihr nicht zeigen konnte, er liebte sie wohl doch noch, auf seine Art. Doch als sie schließlich im Krankenhaus starb, weinte er nicht einmal. Das war nicht üblich. Bereits kleine Jungen

bekamen zu hören: „A Bua tuat decht nit weinen – Ein Junge weint nicht."
Noch im Sterbebett soll meine Mutter die unheimlichen Worte ausgesprochen haben: „Es Poppele werd i mir bald holen – Das Baby werde ich mir bald holen."

Wir hatten damals noch kein eigenes Telefon. Deshalb hatten wir durch den Nachbarn, der schon ein Telefon besaß, erfahren, dass unsere Mutter im Krankenhaus gestorben war. Vater war nach dieser schlechten Nachricht nicht ansprechbar.

Meine Mutter war am Nikolausabend gestorben. Trotzdem stellten wir Kinder unsere Teller wie in den anderen Jahren auf, damit sie der Nikolaus in der Nacht mit Mandarinen und Nüssen füllen sollte. Doch am Nikolausmorgen waren alle unsere Teller leer.

Aber ein Kind ist eben ein Kind, und ich konnte nicht verstehen, dass zuerst unsere Mutter gestorben war und uns jetzt sogar der Nikolaus vergessen haben sollte. Ich wagte es sogar, bei den Tanten anzuklopfen und sie zu fragen, wie das geschehen konnte. „Der Nikolaus hat viel zu tun mit all den Kindern weltweit", lautete die Antwort. „Stell den Teller eben heute Abend noch mal auf, dann wird er ihn wohl füllen." Ich tat, wie mir empfohlen worden war; doch am nächsten Morgen war der Teller immer noch leer. Ich war tieftraurig. Hatte sich nun die ganze Welt gegen uns verschworen?

Sechs Abende hintereinander stellte ich alle unsere Teller auf, doch nie wurden sie gefüllt. „Heuer liegt zu viel Schnee, deshalb kann der Nikolaus nicht bis zu uns kommen." Den Tanten fielen allerlei Ausreden ein, aber für uns halb verwaiste Kinder selbst die Teller zu füllen, war ihnen leider nicht in den Sinn gekommen. Das habe ich ihnen bis heute nicht verziehen.

Das Begräbnis dauerte nur kurz; wir standen in Reih und Glied neben unserem Vater. Ich weinte nicht einmal, aber eine riesige Angst kam in mir auf. Wie sollte es jetzt mit uns weitergehen?

Diese Frage wurde bald beantwortet. Mein Vater erwartete von mir als Ältester, dass ich mich mit meinen nicht einmal sieben Jahren um die vier jüngeren Geschwister kümmern sollte. Er verließ frühmorgens das Haus und kam erst spät am Abend zurück. Er arbeitete unmenschlich hart in dieser Zeit; das war wohl seine Art, das Geschehene zu verarbeiten. Ich aber blieb allein mit den kleinen Kindern zurück. Von den Tanten war keine Hilfe zu erwarten. Sie hatten meinem Vater von Anfang an klargemacht, dass sie sich für uns nicht verantwortlich fühlten. Wir sollten froh sein, dass wir hier wohnen bleiben durften. Die Große, *Fuchsete,* könnte ja für die Kleineren sorgen.

Nun war ich also da, zwischen Kindergeschrei, wickeln und putzen. Als ich das erste Mal die *Pappa* für das kleine „Zenzele" kochen sollte, vermasselte ich es schon. Ich hatte noch keine Ahnung vom Kochen und nahm ein paar Hände Mehl, warf sie in einen großen Topf und zündete das Feuer im Ofen an. Doch bald begann es schrecklich zu riechen, und ich stellte den Topf weg und öffnete alle Fenster und Türen, da es rauchte und wir alle husten mussten. Ich hatte nicht gewusst, dass auch Flüssigkeit benötigt wird, und nun war das gute Essen angebrannt.

Spätabends wurde ich natürlich dafür bestraft. Als mein Vater sah, wie es in der Küche ausschaute, holte er mich aus dem Bett, schlug auf mich ein und ließ mich erst wieder schlafen gehen, als ich alles einigermaßen sauber geputzt hatte. Er schrie mich an, ich sei zu faul und schlampig und auf mich könne er sich nicht verlassen.

Aber er hatte wohl doch verstanden, dass ich noch nicht dafür geeignet war, mich neben der Schule um den Haushalt und die jüngeren Geschwister zu kümmern. Deshalb wurden bald die zwei Jüngsten abgeholt. Ein Kind kam zu entfernten Verwandten ins Pustertal, das andere in den Vinschgau. Ich weinte bitterlich, als sie abgeholt wurden. Auch wenn ich noch zu klein war, um für sie zu sorgen, so hatte ich sie doch lieb gehabt. Und sie hatten mich so sehr an meine liebe Mutter erinnert.

Nun waren nur mehr mein Vater, meine zwei jüngeren Geschwister und ich zu Hause. Da die beiden schon aus dem Gröbsten heraus waren, wurde es für mich um einiges leichter. Nur selten weinte ich nachts leise um die kleineren Geschwister. Ich war einfach zu müde dazu.

Wir wuchsen armselig im Zubau auf. Da Vater auf dem Hof mitarbeitete, bekamen wir ab und zu ein paar Brocken Essen von den Tanten, meistens nur ihre Reste vom Vortag. Damals begann mein Vater, immer öfter abends spät heimzukommen. Nach der Arbeit ging er ins Gasthaus und kam erst nach Mitternacht zurück. Wir Kinder fürchteten uns ganz alleine im Zubau, aber vor meinem Vater hatten wir leider noch mehr Angst. Wir wuchsen in einem lieblosen Zuhause auf, ohne eine Mutter oder Großmutter, die uns umsorgt hätte.

Um die zwei Kühe, die in einem kleinen Verschlag lebten, musste ich mich fortan kümmern. Also musste ich melken lernen. Anfangs hatte ich große Angst vor den Kühen, die riesengroß waren und sich von mir nichts gefallen lassen wollten. Doch mein Vater kannte wieder keine Gnade.

„Entweder du melksch oder i schlog di unter di Kuah oi!", drohte er mir böse.

Also lernte ich melken. Bald hatte ich keine Angst mehr vor den Kühen; Melken ist eben wie viele andere Tätigkeiten Übungssache, und die Tiere und ich gewöhnten uns aneinander. Gekocht habe ich am Anfang fast täglich Nudeln, weil mir das eine Nachbarin beigebracht hatte. Wir Kinder waren beim Essen alleine und aßen die Nudeln direkt aus dem Wasser heraus.

So gingen die Jahre ins Land. Ich putzte, wusch, scheuerte und schrubbte, tagein, tagaus. Natürlich musste ich auch zur Schule, doch niemanden interessierte, was dort geschah. Ein freundliches Wort hörte ich nie, weder von meinem Vater, noch von den Tanten, und schon gar nicht von den Lehrern in der Schule. Die kleinen Geschwister gehorchten mir nicht, und wenn sie etwas angestellt hatten, wurde mir die Schuld in die Schuhe geschoben.

Oft ging ich übermüdet in die Schule, mit einer braunen Strickjacke über einem fleckigen unförmigen Rock und viel zu großen Schuhen, stinkend nach Stall und Tieren. Ich hatte eben keine Mama, die auf mich schaute. Da ich offensichtlich schlecht roch, musste ich in der hintersten Reihe mutterseelenallein in einer Bank sitzen. Dazu meine feuerroten Haare, wegen denen mich die Lehrerin „Fuchs" nannte. Die Aufgaben hatte ich nur selten gemacht, weshalb mich die Lehrerin fast täglich ausschimpfte.

Die Lehrerin machte große Unterschiede zwischen den Kindern und bewertete sie vor allem aufgrund ihrer Herkunft. Immer wieder kam es vor, dass ich nach vorne kommen musste, um eine schwierige Aufgabe an der Tafel zu lösen. Daraufhin nahm mich die Lehrerin am Arm und drehte mich vor der ganzen Klasse um meine eigene Achse.

„Seht euch diesen Fuchs an“, sagte sie böse lachend zu den Kindern. „Schmutzig und dreckig und dumm. Eine Bauerntochter, die nichts Gescheites anzuziehen hat.“

Die Kinder lachten mich aus, doch ich hasste die Lehrerin dafür. Durchfallen lassen konnte sie mich nicht, dafür war ich zu gescheit, doch wo sie konnte, blamierte sie mich vor den anderen. Sie hatte es aufgegeben, meinem Vater nach Hause zu schreiben, wenn ich wieder einmal ohne Aufgabe in die Schule gekommen war. Der interessierte sich nämlich überhaupt nicht für meine schulische Karriere. Ich las gerne, doch das wurde von meinem Vater nicht gerne gesehen. Deshalb konnte ich nur abends heimlich unter der Bettdecke mit einer Taschenlampe lesen.

In der Schule wurde ich oft von der Lehrerin bestraft, indem sie mich vor die Tür schickte. Meistens blieb ich da, bis ich nach über einer Stunde wieder hineingerufen wurde. Doch manchmal wurde es für mich zu viel, und ich ging einfach nach Hause. Was sollte ich schon in der Schule? Am nächsten Tag war es noch um einiges schlimmer.

„Gestern ist der Fuchs wieder einmal davon gelaufen“, schimpfte die Lehrerin am nächsten Tag laut und ließ mich in der Ecke stehen.

Als eines Tages ein Lichtbildervortrag an unserer Schule vorgeführt werden sollte, wurde mir die Aufgabe zugeteilt, vorher alle Fenster zu verdunkeln. Doch danach wurde ich nach Hause geschickt und durfte mir den Vortrag nicht wie die anderen Kinder ansehen.

„Der Fuchs kann heimgehen", sagte die Lehrerin spöttisch, „sonst musst du ja auch arbeiten; geh nur in deinen Stall, wir brauchen dich hier nicht. Aus dir wird ja sowieso nichts Gescheites."

Aus dem gleichen Grund durfte ich nicht am Maiausflug teilnehmen.

Die Lehrerin war jung und hübsch, bis heute kann ich nicht verstehen, wieso sie derart boshaft mit einem armen jungen Mädchen umgegangen ist. Manchmal treffe ich sie noch beim Einkaufen unter den Brixner Lauben. Sie erkennt mich nicht mehr, aber ich erkenne sie noch genau. Sie trägt inzwischen eine Perücke. Sollte ich einmal besonders mutig sein, würde ich ihr diese am liebsten herunterreißen, als Erinnerung an die Zeit mit dem Fuchs.

Die anderen Kinder waren nicht nett zu mir, sondern behandelten mich abfällig und von oben herab. Das ist das Traurige, dass bereits Kinder sich von den Schwachen abwenden und nur den Starken horchen. Eine einzige Bauerntochter war freundlich zu mir. Manchmal tauschte sie mit mir ihren Pausenapfel gegen mein tägliches hartes Schüttelbrot.

Ich durfte bereits im Alter von zwölf Jahren die Schule nicht mehr besuchen. Somit habe ich nicht einmal einen Volksschulabschluss. Dies schien für jemanden wie mich nicht wichtig zu sein. Als ich die Schule nicht mehr besuchen durfte, gab es für mich nur noch Arbeit, Arbeit und Arbeit. Ich war jung und kräftig, und ich wurde mit derart viel Arbeit versorgt, dass ich am Abend todmüde ins Bett fiel.

*

„Margareth!“ Ich werde aus meinen Gedanken gerissen. Meine beste Freundin steht vor mir. Sie hat mir die „Neue Post“ mitgebracht, dieselbe wie meine Nachbarin. „Wie geht es dir?“

„Danke, es geht. Ich werde es schon schaffen, wie immer. Vielleicht lässt er endlich einmal das Trinken, dann geht es wieder aufwärts mit uns.“

Traurig lächelt mich meine Freundin an. „Er wird nie damit aufhören. Er macht dich kaputt, sieh das doch endlich ein. Es ist noch nicht zu spät für dich – du bist noch keine vierzig. Verlass ihn!“

Ich sehe sie an. Hat sie recht? Könnte ich es wagen? Was sollen meine Kinder denken? Darf ich das überhaupt? Wird er es schaffen ohne mich? Darf ich ihn allein lassen, wie ich im Leben allein gelassen worden war?

*

Ich war dreizehn Jahre alt, als mich der Rest meiner Familie verließ. Mein Vater hatte jahrelang im Wald Holz gehackt und auf diese Weise etwas verdient. Außerdem hatte er von seinen Schwestern schließlich doch einen kleinen Geldbetrag erhalten, wahrscheinlich, damit sie nach außen hin gut dastehen konnten. Schließlich hat mein Vater mit seinem Ersparten einen kleinen Hof hoch oben am Berg gekauft, in einem Dorf im oberen Eisacktal. Dort zog er mit meinen zwei jüngeren Geschwistern hin.

Mich ließ er zurück. Ich sollte bei den Tanten bleiben und später einmal den Hof erben. Das war zumindest die offizielle Version. In Wirklichkeit glaube ich, dass er mich gerne zurückließ, weil er mich nie besonders gemocht hatte.

Am Abend, bevor die drei den Hof verlassen sollten, versuchte ich ihn nochmals umzustimmen. Zu groß war meine Angst davor, allein mit den grantigen Tanten zurückzubleiben.

„Vater, bitte, ich kann euch helfen und für euch kochen. Bitte nehmt mich doch mit", bat ich ihn inständig.

„Ich habe dir schon gesagt, was ich entschieden habe", antwortete er kalt. „Sei froh, dass du ein Dach über dem Kopf hast. Wenn du dich gut benimmst, gehört das vielleicht einmal alles dir. Die Tanten haben mir das gesagt."

Damit erhob er sich und verließ den Raum. Ich weinte die ganze Nacht lang. Ich konnte kaum glauben, dass ich zurückgelassen werden sollte.

Unser Abschied war nicht besonders herzlich. Mein Vater schüttelte mir kurz die Hand, begrüßte die Tanten und weg war er. Nur meine Geschwister drehten sich nochmals um und winkten mir verstohlen zu.

In der Zwischenzeit hatte sich in unserer Familie noch ein Unglücksfall ereignet: Das kleine Zenzele, meine jüngste Schwester, nach deren Geburt meine Mutter gestorben war, war von Verwandten aufgezogen worden. Von klein auf hatte es oft unter Krämpfen gelitten; es war ein kränkliches Mädchen.

Eines Tages, das Zenzele war sechs Jahre alt, sagte es plötzlich während der Marende: *„Die Mama hot mit der Hond ummerglangt und will mi mitnehmen."* Die Verwandten, die sich um das Mädchen kümmerten, brachten es besorgt ins Spital in Brixen, in dem es kurz darauf starb. Die Ärzte nannten uns keine Diagnose, niemand konnte sich den Tod meiner kleinen Schwester erklären. Da fiel uns ein, was unsere Mutter kurz vor ihrem Tod gesagt hatte: „Es Popele werd i mir bald holen." Nun war das Zenzele also wieder mit der Mutter vereint, wie sie es vorausgesehen hatte. Uns schauderte bei dem Gedanken. Oft gibt es eben übersinnliche Kräfte, auf die wir Menschen auch heute noch keinen Einfluss haben.

Für mich begann bei den beiden Tanten also wieder ein neues Kapitel in meinem Leben. Ich durfte nun sogar im Haus wohnen; das war für mich fast wie ein Wunder, nachdem ich mein Leben lang in der kleinen Hütte gewohnt hatte. Ich bekam eine kleine Kammer hinter der Stube.

„Glaub ja nicht, dass du dich bei uns ausruhen kannst", lautete die wenig freundliche Begrüßung einer der Tanten. Dabei sah sie mich böse an. „Hier wird gearbeitet – von früh bis spät."

Das beeindruckte mich wenig, hatte ich doch mein Leben lang nichts anderes gekannt. Ich war von nun an also die billige Dirn meiner zwei Tanten. Es war keine leichte Zeit, da ich es ihnen nie recht machen konnte. Ständig hatten sie etwas an meiner Arbeit auszusetzen und wenn eine von ihnen endlich einmal zufrieden mit mir war, kam die andere und meckerte an mir herum. Ich war natürlich ihr Lieblingsopfer, aber ansonsten stritten sie auch gerne untereinander und keiften sich gegenseitig an.

Ein gern gesehener Gast im Hause war der Pfarrer. Der hat jedoch nur zu den Tanten gehalten. Die haben nämlich oft etwas zu essen oder Geld ins Widum getragen, denn nach außen hin war es ihnen sehr wichtig, wie zwei edle Gönnerinnen aufzutreten.

Ich bekam kaum Geld von ihnen, und auf mein äußeres Erscheinungsbild wurde überhaupt nicht geachtet. Dafür hörte ich viel zu oft den Mut machenden Satz: „Das gehört später einmal alles dir."

Es war ein wunderschöner Hof, aber das nützte mir damals wenig. Ich musste alleine das Vieh versorgen, immerhin fast 25 Kühe. Da ich täglich die schwere Stallarbeit zu verrichten hatte und die Tiere füttern und striegeln musste, roch ich ständig nach Stall. Andere Mädchen in diesem Alter waren nett hergerichtet und trugen Kleider in fröhlichen Farben. Ich hingegen trug mit dreizehn die abgetragenen Kleider meiner zwei alten Tanten. Sie achteten darauf, dass ich mich nicht herausputzte wie andere Mädchen in meinem Alter, oder dass ich mir ja keinen neuen Haarschnitt zulegte. Doch meine Haare waren nun einmal auffällig, und die Jugend lässt sich nicht aufhalten, und aus der grauen Maus wurde eine hübsche „Füchsin". Doch ich kam nie aus meinem Bau heraus; nur für die Kirchgänge konnte ich den Hof verlassen, sonst fehlte mir die Zeit.

Der Vorteil dieser Zeit war, dass ich wirklich alles lernte, was man können muss, um Haus und Hof zu führen. Ich war mir für keine Arbeit zu schade und manchmal, wenn niemand in der Nähe war, summte ich leise eine bekannte Melodie. Trotz der schlimmen Kindheit und der schlechten Atmosphäre, in der ich aufwuchs, hatte ich mir nämlich eine gute Portion Lebensmut und Lebensfreude erhalten. Ich war zuversichtlich, und in meinen Jugendjahren dachte ich, dass sich irgendwann einmal alles zum Guten wenden würde, wenden müsste! Ich träumte manchmal davon, dass mich ein hübscher Prinz auf einem weißen Pferd in ein schönes Schloss bringen würde, wie in den Märchen, die ich als Kind in der Schule gehört hatte. Dass die Realität völlig anders aussehen würde, das habe ich zu jener Zeit zum Glück noch nicht ahnen können.

*

Morgen werde ich aus dem Krankenhaus entlassen. Heute Abend kommt noch einmal der Arzt vorbei, um mit mir das Abschlussgespräch zu führen. Er ist ein kleiner, magerer Mann mit einer runden Brille auf der etwas groß geratenen Nase. Ich kenne ihn von meinen vorherigen Krankenhausaufenthalten her. Er fühlt meinen Puls, schaut in meine Augen und hält schließlich meine Hand.

„Frau W., bitte seien Sie stark und beenden endlich das Leiden, das Sie immer wieder zu uns kommen lässt. Verlassen Sie ihn und beginnen Sie ein neues Leben!"

Ich schweige, wie üblich beim Abschlussgespräch. Wie oft schon habe ich diese Worte gehört? Aber diesmal ist es irgendwie anders. Warum wohl? Bin ich endlich reif für diesen Schritt? Ich bedanke mich bei ihm und lese in meiner Zeitschrift weiter. Doch die Sätze des Arztes verfolgen mich.

Ich will leben, ich habe so vieles erlitten in meinem bisherigen Dasein, doch jetzt will ich endlich einmal leben! Ich kann lange nicht einschlafen nach diesen Gedanken. Und immer wieder denke ich an meine Zeit mit Stefan zurück.

*

Anfangs hat Stefan hart in einem Sägewerk gearbeitet, um uns zu ernähren. Er war den ganzen Tag über fort. Von den Tanten habe ich nie mehr etwas gehört. Ein Vetter von mir hat später den Hof übernommen. Er hat ihren Idealen wohl besser entsprochen als ich. Im ersten Ehejahr hätte ich mir kaum vorstellen können, was für eine Hölle diese Beziehung später werden würde. Manchmal lachten wir sogar miteinander und erlebten zuweilen auch schöne gemeinsame Momente.

Dass er oft schlecht aufgelegt war und sich überhaupt nicht dafür interessierte, wie es mir ging, entschuldigte ich vor mir selbst. Ich dachte, vielleicht kann alles gut werden. Ich war der Meinung, dass er noch sehr jung und die Verantwortung für ihn zu groß sei. Außerdem würde er schwer arbeiten und kaum unter Freunde kommen. Auch war es für ihn bestimmt nicht einfach, für Frau und Kind sorgen zu müssen. Seine häufige schlechte Laune schrieb ich diesen Ursachen zu. Dass ich selbst ebenfalls jung, Mutter und überbeschäftigt war, fiel mir damals gar nicht auf. Ich war es von Anfang an gewohnt, schlecht behandelt zu werden; deswegen war es für mich völlig normal, nicht an mich selbst zu denken.

Ich wusste bald, dass ich nicht die einzige Frau in seinem Leben war. Manchmal dachte ich, vielleicht würde er die andere vergessen und mit mir glücklich werden, wenn ich ihm nur alles recht machen würde. Ich bemühte mich, besonders gut zu kochen und die Wohnung in Ordnung zu halten. Ich dachte damals noch, dass ich Einfluss auf ihn hätte. Doch seine Mutter machte diese Hoffnungen zunichte. Sie war von Anfang an gegen mich. Sie hätte ebenfalls lieber die andere gewollt, die ich übrigens zeitlebens nie zu Gesicht bekommen habe. Sie empfand mich als Eindringling in ihre Familie und wollte nichts mit mir zu tun haben. Sie hat meinen Mann systematisch von mir weggezogen. Bald schon bürgerte sich ein, dass Stefan jedes Wochenende bei seiner Mutter in Sterzing verbrachte. Wir hatten damals noch kein Auto. Deswegen fuhr er jeden Freitagabend mit dem Zug in seine Heimatstadt. Bis zum Sonntagabend sollte er dort bleiben. Er war das einzige Kind seiner Mutter, die ihn völlig für sich einnahm. Sie hatte ein großes Alkoholproblem. Wer weiß, was die beiden in Sterzing gemeinsam alles unternommen haben? Für mich steht fest, dass sie ihn zum Alkohol hingeführt hat.

Stefan hat sich in Sterzing häufig mit meiner Vorgängerin getroffen, immer wieder, da bin ich mir sicher. Aber damals verschloss ich die Augen, ich wollte das nicht glauben und redete mir ein, dass alles in Ordnung war.

Ich verbrachte die Wochenenden mutterseelenallein bei uns daheim. Später hatte ich zumindest die Kinder, aber nur sehr selten verbrachte mein Mann die Sonntage mit uns.

Stefan, der eigentlich die andere gewollt hätte, war nicht zufrieden mit seinem, mit unserem Leben. Langsam, aber sicher ist er zum Trinken gekommen. Ich wollte das aber damals nicht wahrhaben. Er war todunglücklich und fiel immer tiefer, während ich jedes Mal wieder aufstand und um meine Familie kämpfte.

*

Ich war mit unserem zweiten Kind schwanger, als mir zum ersten Mal bewusst wurde, wie schlimm es wirklich um meine Ehe stand. Mein Sohn war eineinhalb Jahre alt und hatte sich verletzt. Ich rannte mit dem Kind in das Sägewerk, in dem Stefan arbeitete, weil ich wollte, dass er mich ins Krankenhaus begleiten sollte. Ich hatte große Angst um meinen Sohn. Die Arbeitskollegen meines Mannes sahen mich mitleidig an, mit dem Riesenbauch und dem schreienden Kleinkind auf dem Arm, keine zwanzig Jahre alt.

Sie sahen sich gegenseitig vielsagend an und sagten: „Der Stefan, der müsste eigentlich lange schon daheim sein. Vielleicht ist er noch etwas trinken gegangen."

Ich war entsetzt, begab mich aber daraufhin allein ins Brixner Krankenhaus. Zum Glück ging mit dem Kind alles gut aus; wir durften noch am selben Abend nach Hause gehen.

Als er spätabends nach Hause kam, war er betrunken.

„Wo warst du?", fragte ich ihn. „Der Bub hat sich verletzt und du warst nicht da. In der Säge haben sie gesagt, du bist schon lange gegangen." Ich schluchzte nur noch und fühlte mich unendlich alleine.„Warst du bei ihr?", fragte ich schließlich.

Plötzlich war alles so klar. Die unzähligen Abende, die zahlreichen Sonntage. Er schwankte, musste sich an die Türe anlehnen. Er gab alles zu, dann weinte auch er, und wir hielten uns in den Armen.

Er hat versprochen, sie nie wieder zu sehen und nie mehr zu trinken, keinen Tropfen, und fleißig zu arbeiten und mir Geld zu geben und mit den Kindern und mir Ausflüge zu machen, und wenn wir nur genug sparen würden, vielleicht könnten wir einmal ans Meer fahren, nach Rimini, oder wir könnten ein Auto kaufen, vielleicht einen

Fiat Seicento, der sei groß, jetzt wo noch ein Kind käme, und dann wäre alles in Ordnung.

Ich schlief später ein, unter Tränen. Ich glaubte ihm kein Wort.

Dann folgte ein Kind nach dem anderen. Insgesamt fünf Kinder bekam ich, fast jedes Jahr war ich schwanger. Mit siebenundzwanzig war ich also fünffache Mutter; mit einem Alkoholiker an der Seite, der bereits innerhalb einer Woche das Geld des ganzen Monats versoff, das er in der Fabrik verdiente.

Und ich, die ich fünf Kinder durchfüttern musste, ich ging nebenher arbeiten. Ich ging nachts aus dem Haus, wenn die Kinder schliefen. Ich putzte und machte Betten in verschiedenen Hotels und Gasthäusern in der Gegend. Ich wollte keine fixe Arbeitsstelle, da ich die Samstage und Sonntage unbedingt daheim bei den Kindern sein wollte. Meistens arbeitete ich bis kurz nach Mitternacht, dann ging ich heim. Dort schlief ich sofort ein, weil ich unsagbar müde war. Am Morgen musste ich die Kinder wecken und für die Schule fertig machen. Sobald sie weg waren, hatte ich zu Hause zu putzen, zu waschen und aufzuräumen. Da wir fast kein Geld hatten, besaßen wir noch keine Waschmaschine oder einen Staubsauger. Ich machte fast alles mit meinen Händen, und oft wundere ich mich heute, dass ich nicht schon damals zusammengebrochen bin. Doch ich schaffte alles, was ich mir vornahm, wahrscheinlich, weil ich genau wusste, dass ich der einzige Mensch war, auf den ich mich wirklich verlassen konnte.

Wenn ich gegen Mitternacht nach Hause kam, war mein Mann in der Regel noch nicht daheim. Er kam oft erst nach zwei, lautstark und rücksichtslos.

Anfangs hatte ich Riesenangst vor ihm. „Sei doch still, die Kinder schlafen“, flüsterte ich. Aber er hörte mich gar nicht. Er fing an, mich zu beschimpfen und das Geschirr aus den Schränken zu reißen und auf den Boden zu werfen. In den ersten Jahren schlug er mich manchmal. Doch das hörte später auf; ich glaube, dass er zuviel Respekt vor mir hatte, weil er wusste, dass ich es war, die die Familie zusammenhielt.

Trotzdem trank er weiter und schrie wie wild umher. Am schlimmsten war es an den Tagen, nachdem er sein Gehalt bekam; später hatte er zuwenig Geld und konnte nicht mehr so viel trinken wie vorher. Er versuchte wohl auch, an mein Geld zu kommen, doch das habe ich vor ihm versteckt und wie eine Löwin verteidigt. Wie hätten unsere Kinder sonst überleben sollen?

Die Kinder waren brav und fleißig. Sie spürten wohl die seltsame Situation, in der wir uns befanden, und unterstützten mich, wo sie nur konnten. Die Größeren passten auf die Kleineren auf, wenn ich abends zur Arbeit musste. Ich hatte einen Riesenstolz auf meine fünf Kinder. Ich habe darauf geachtet, dass sie immer sauber beieinander waren. Noch gut hatte ich meine eigene Kindheit in Erinnerung, als ich nur der nach Stall stinkende Fuchs gewesen war. Ich habe das meiste für die Kinder selber gestrickt. Ich war schnell: In wenigen Stunden hatte ich einen Pullover gestrickt, meistens an den Wochenenden spät nachts bis zum nächsten Morgen, wenn schon alle lange schliefen. Den Mädchen habe ich weiße *Stutzelen* mit Lochmustern gehäkelt. Im Sommer habe ich sie mit der Caritas in die *Kolonie* ans Meer geschickt; das hat ihnen gut getan. Die Kinder sind in der Schule fleißig gewesen und jeden Sonntag in die Kirche gegangen. Später haben alle etwas gelernt, haben entweder eine Lehre gemacht oder eine Oberschule besucht. Mein ältester Sohn hat sogar studiert.

Anfang der Siebzigerjahre habe ich auf Raten einen Schwarz-Weiß-Fernseher für uns angeschafft. Da war die Freude bei den Kindern groß. Mein Mann war nach wie vor am Sonntag meistens in Sterzing, aus diesem Grund war ich mit den Kindern alleine. Jeden Sonntagnachmittag bin ich mit den Kindern spazieren gegangen, im Wald oder den Eisackdamm entlang. Nachher gab es daheim eine *Marende*, meistens Erdäpfel und etwas Schinkenwurst dazu; anschließend haben wir zusammen ferngesehen. Am liebsten mochten die Kinder „Kung Fu", die kleineren „Wickie" und „Heidi". Mucksmäuschenstill saßen sie zu fünft nebeneinander auf unserer alten Couch und haben in den Fernsehapparat geschaut.

Wirklich schlimm empfand ich die tägliche Angst der Kinder. Ab 18 Uhr abends haben sie auf die Uhr geschaut und auf die Tür geachtet, um zu schauen, ob der Vater nicht bald nach Hause käme. Wenn er wieder nicht kam, fragten sie mich: „Wo ist der *Tata*? Kommt er heute wieder nicht?" Sie kannten die Antwort nur zu genau, trotzdem erhofften sie sich von mir eine Sicherheit, die ich ihnen nicht zu geben imstande war.

Die Kinder hingen an ihrem Vater, und wenn er nüchtern war, hing er an ihnen. Aber der Alkohol machte alles kaputt. In den Gaststätten waren die Wirte früher Alkoholikern gegenüber nicht so negativ eingestellt wie heute, weil sie viel Geld an ihnen verdienten. Es herrschten noch nicht die heutigen strengen Gesetze, sondern den Männern wurde noch nachgeschenkt, wenn sie schon fast am Boden lagen, solange sie nur zahlten.

Fast jeden Abend gab es das gleiche unrühmliche Theater, Nacht für Nacht, Monat für Monat, Jahr für Jahr. Stefan, der schon lange nicht mehr er selbst war, warf Gegenstände umher und schubste mich grob zur Seite, wenn ich ihn davon abhalten wollte. Alles, was ich mit Liebe aufgebaut und hergestellt hatte, meine Nähereien und netten Ziergegenstände, flogen durch die Wohnung. Fast täglich ging dabei etwas kaputt.

Ich habe weiterhin versucht, alles vor den Kindern zu vertuschen. Wenn sie aufwachten, wollte ich sie beruhigen: „Sei still. Leg dich wieder nieder. Es ist alles in Ordnung." Ich hoffte immer noch blauäugig, dass alles gut würde, und versuchte, das auch den Kindern einzureden. Ich wünschte mir diese heile Welt, die ich nie gekannt hatte, sehnlichst aus ganzem Herzen und wollte, dass sie es besser hätten als ich. Doch es war umsonst. Kinder spüren genau, wenn etwas in einer Familie nicht stimmt. Sie waren nicht dumm und hörten, dass er herumschrie und mich beschimpfte.

In meiner Herkunftsfamilie hatte ich wie immer auch jetzt keinen Rückhalt. Sogar mein eigener Bruder hat meinen Mann oft zum Trinken verleitet. Wenn er zu Besuch bei uns war, hetzte er ihn gegen mich auf, *„Jo Steffl, geah lei oan trinken, sell war jo no schianer, wenn deine Frau di kommandieren tat."*

Die beiden Männer wollten sogar die Kinder ein bisschen Wein kosten lassen, doch da habe ich mich dagegen gewehrt. *„Wein isch nix für Kinder!"*, sagte ich in einem derart wütenden Ton, dass sie danach nie mehr versucht haben, ihnen etwas anzubieten.

Ich habe bald abgeblockt und den Kontakt mit meinem Bruder abgebrochen. Wenn wir uns heute in der Stadt sehen, grüßen wir uns nur kurz und gehen wortlos weiter. Ich hätte mir von ihm Hilfe erwartet und nicht, dass er den Stefan noch mehr mitziehen würde. Aber wahrscheinlich hat mein Bruder von außen gar nicht erkannt, wie schlimm es wirklich um meine Familie stand.

Mein Mann konnte nach wie vor der beste Mensch sein, wenn er nicht getrunken hatte. Doch er war schwach und nicht durchsetzungsfähig; immer musste ich die Starke in der Familie sein. Wenn es Probleme gab, konnte er nie darüber reden. Und ich liebte ihn auch jetzt noch.

Nur selten konnten wir gemeinsam schöne Momente in der Familie erleben. Wir hatten zum Glück auch kurze schöne Phasen. Es gab in der Nähe ein Gasthaus, die Schatzerhütte in Afers, dorthin sind wir manchmal alle zusammen gegangen. Ich habe vorher zu Hause Proviant eingepackt und für jedes Kind ein hartgekochtes Ei mitgenommen. Wir sind zu Fuß bis zur Bushaltestelle gegangen und mit dem Bus hinauf gefahren. Oben angekommen sind wir zur Hütte gewandert. Bei der Hälfte des Weges war ein Brunnen, da haben wir Rast gemacht und gegessen und frisches Wasser aus dem Brunnen getrunken. Beim Gasthaus haben wir natürlich nichts gegessen, weil das viel zu teuer gewesen wäre, aber die Kinder haben eine *Aranciata* oder eine *Spuma* bekommen; das war etwas Besonderes für sie. Ganz selten haben wir zwei Portionen *Schmarrn* bestellt und diesen alle gemeinsam gegessen, das waren Festtage für uns. Wenn wir später von früher gesprochen haben, wurden oft diese seltenen Familienausflüge mit einem nüchternen Vater erwähnt. Zum Glück haben die Kinder auf diese Weise auch einige wenige gute Erinnerungen an ihn bewahren können.

Es wurde immer schlimmer mit ihm, falls das überhaupt noch möglich war. Einige Arbeitskollegen von ihm haben ihn gerne ausgenutzt und sich von ihm einladen lassen. In kürzester Zeit hatte er jedes Mal sein Monatsgehalt versoffen. Manchmal versuchte er im Voraus Geld zu beheben, bis die Bank ihm nichts mehr gab.

Irgendwann hat er nur noch getrunken und ist gar nicht mehr zur Arbeit gegangen. Die jüngeren Kinder gingen noch zur Schule, als er nicht mehr berufstätig war. Als er arbeitslos war, hatte er fast kein Geld mehr. Doch für den Alkohol reichte es anscheinend doch.

Jahrelang versuchte ich, ihn zu einer Kur zu schicken, doch er hatte mich nur ausgelacht. Er schien nicht daran zu glauben, dass dies etwas ändern könnte. Vielleicht wollte er aber auch einfach nichts ändern in seinem Leben. Doch die Ärzte hatten ihm lange gut zugeredet, bis er sich endlich dazu überreden ließ. Er versuchte erstmals eine Entziehungskur in einer Klinik in Hall. Doch es nützte alles nichts, es war zu spät.

Ich aber musste noch mehr arbeiten, um die Kinder nun allein zu ernähren. Daher verbrachte ich weiterhin meine Nächte als Putzfrau in verschiedenen Gasthäusern der Gegend. Als die Kinder schon größer waren, fand ich Arbeit in einer Gärtnerei. Mein Mann konnte mir überhaupt kein Geld mehr geben, da er kein Einkommen mehr hatte.

Es verging kaum ein Abend, an dem er nicht laut und randalierend spät in der Nacht heimkam. Er war wie üblich nicht ansprechbar, der Alkohol hatte ihn fest im Griff. Die Entziehungskuren mehrten sich, insgesamt hat er sieben oder acht gemacht. Ich habe die Hoffnung nie aufgegeben und ihn immer wieder auf diese Kuren geschickt. Es musste doch möglich sein, dass er ein normales Leben führen konnte. Doch es nützte alles nichts, keine Besserung trat ein, nach jedem Entzug war er nur ein paar Tage lang nüchtern, dann fing alles wieder von vorne an. Und jedes Mal die Enttäuschung, dass alles umsonst gewesen war.

Meine Krankenhausaufenthalte mehrten sich. Es wurde mir alles zuviel, und je älter die Kinder wurden, desto öfter fühlte ich mich schlecht. Wahrscheinlich wurden meine Kräfte langsam weniger, als ich merkte, dass die Kinder auf eigenen Füßen standen. Ich erlaubte meinem Körper endlich, auf sich selbst zu achten.

Doch es wuchs auch eine große Angst in mir. Was, wenn ich nicht mehr gesund würde? Hätten meine Kinder dann niemanden mehr, auf den sie sich verlassen könnten?

*

Es klopft an meiner Zimmertür. „Herein“, sage ich leise. Ich hoffe, dass er kommt und mich endlich auch einmal besucht. Doch stattdessen betritt mein ältester Sohn das Zimmer. Er studiert schon länger in Verona und ist gestern spätabends nach Hause gekommen. Wenn der letzte Zug kommt, fährt kein Bus mehr; er geht jede Woche vom Bahnhof zu Fuß zu uns heim. Er sieht verärgert aus und traurig. „Gestern war wieder ein *Casino* bei uns zu Hause, der Vater hat randaliert. Er hat alles durch die Wohnung geworfen“, erzählt er.

Mein ältester Sohn ist für mich der Ruhepol in unserer Familie, wir hängen bis heute sehr aneinander. Manchmal ist er früher sogar ins Gasthaus gegangen, um seinen Vater zu holen. „Tata, giahmer hoam – Vater, gehen wir heim“, hat er zu ihm gesagt, leider umsonst.

„Ich kann nicht mehr“, sagt mein Sohn und sieht mich an. Traurig, hoffnungslos. „Wenn es so weitergeht, komme ich gar nicht mehr heim.“ Dann streicht er liebevoll über meine Hand, steht auf und geht.

Als ich die Klinik verlasse, habe ich einen Entschluss gefasst. Es wird nicht leicht sein für mich. Manche Menschen werden mich für herzlos halten. Andere werden mit dem Finger auf mich zeigen.

Was aus ihm werden wird, weiß ich nicht. Aber es ist zu spät.

Ich will nicht mehr nur mit Tabletten einschlafen, nur noch mit Medikamenten überleben und deswegen ständig ins Krankenhaus. Ich will endlich in Ruhe leben.

Ich werde ihn verlassen.

*

Meine Geschichte ist schon viele Jahre her. Inzwischen bin ich schon siebenfache Großmutter und lebe in einer hübschen kleinen Wohnung in der Nähe von Brixen. Ich bin gesund, das Krankenhaus habe ich schon lange nicht mehr von innen gesehen. Ich bin ein ausgeglichener Mensch geworden, und seit ich nicht mehr arbeite, bleibt endlich etwas Zeit für mich selbst.

Ja, ich habe den Schritt gewagt damals, ich habe ihn tatsächlich verlassen. Und ich hätte nie geglaubt, dass danach alles so einfach wird für mich: Nächte, in denen ich wieder schlafen konnte, Tage ohne Angst davor, wie der Abend verlaufen wird. Volle Konzentration auf die Kinder und ihre Bedürfnisse, die ich früher nie in diesem Ausmaß wahrnehmen konnte. Mein ganzes Leben war ruhiger geworden.

Die Trennung habe ich wie eine Befreiung empfunden.

Mit Ende dreißig habe ich den Führerschein gemacht, gemeinsam mit meinem ältesten Sohn. Eigentlich sollte ich für ihn das *Foglio Rosa* besorgen, doch plötzlich, dort im Führerscheinamt, habe ich mir gedacht: „Warum nicht? Ich habe bisher alles geschafft, wieso nicht auch den Führerschein?“ Auf diese Weise bin ich noch ein Stückchen unabhängiger geworden.

Im Alter von fünfzig Jahren habe ich einen neuen Lebenspartner gefunden, mit dem ich ein paar schöne Jahre erlebt habe, ohne Alkohol. Leider hat unsere Beziehung nicht gehalten, aber wir sind als Freunde auseinandergegangen, ohne Hass.

Und was ist aus meinem Exmann geworden, dem Vater meiner Kinder? Leider ist es genauso gekommen, wie ich befürchtet hatte: Er ist vom Alkohol nie mehr losgekommen und wenige Jahre nach unserer Trennung gestorben.

Ich habe ihn noch jahrelang mitversorgt, die Kinder haben ihm oft frische Kleidung und etwas zu essen in die kleine Wohnung gebracht, die er gemietet hatte.

Als ich von seinem Tod erfuhr, war ich traurig. Traurig um die unzähligen Momente, die schön hätten sein können, und die der Alkohol zerstört hatte. Traurig um den Vater meiner Kinder, den ich nie vergessen werde. Wie er gelacht hat damals nach der Prozession, wie er mich umgarnt hat, und wie ich in ihn verliebt war, so jung und unschuldig!

Doch meine Entscheidung auf dem Krankenbett habe ich nie bereut.

S.M.E.

Glossar

A	Amt	Messe am Vormittag
	Aranciata	orangefarbenes Kohlensäuregetränk
B	Badante	Betreuerin
	Bettpatschen	Bettschuhe
	blind watten	Das Kartenspiel „Watten“ kann „offen“ (Schlag und Trumpf bekannt) oder „blind“ (Schlag und Trumpf unbekannt) gespielt werden
	Boarischen	traditionelle Frisur
	Brünnl	kleiner Brunnen
	Buon giorno	Guten Tag
C	Casino	Lärm, Durcheinander
	Cavales'	Cavalese – Ort etwa 20 Kilimoter südlich von Bozen gelegen
	Centesimi	kleinste Einheit der italienischen Währung
	Corriera	Autobus
D	des konnsche schunn	Das kannst du schon
	Die Buim wearn schunn no kemm	Die Buben werden schon noch kommen
	Die Mama hot mit der Hond ummerglangt und will mi mitnehmen.	Die Mutter hat ihre Hand herübergereicht und will mich mitnehmen
	Dirnen	Mägde
	Di werd i mir schunn dermerken!	Dich werde ich mir merken
	Donn fliag o, bisch mir lei im Weg	Dann hau ab, du bist mir nur im Weg
	Dorfbeck	Dorfbäcker
E	Entweder du melksch oder i schlog di unter di Kuah oi!	Entweder du melkst oder ich schlage dich unter die Kuh!

F	Foglio Rosa	provisorische Fahrerlaubnis
	Freinademetz	Josef Freinademetz wurde am 15. April 1852 in Oies, einem kleinen Weiler von Abtei in den Dolomiten geboren. Er war ein katholischer Ordensmann und als Steyler Missionar in China. Er starb am 28. Jänner 1908 in Taikia im Kaiserreich China. Am 5. Oktober 2003 wurde er heiliggesprochen.
	Friggilansuppe	Fleischsuppe mit Ei-Einlage
	Fuchsete	Rothaarige
G	gekartet	Karten gespielt
	gepflanzt	geärgert
	geschabigt	Laubarbeit an der Rebe vor der Blütezeit
	geschwänzt	gespült
	gewattet	Karten gespielt
	Gibsche in Poppile jedn Tog lei an Löffl Pappa, lei an Teelöffl voll	Gib dem Baby jeden Tag nur einen Löffel Brei, nur einen Teelöffel voll
	Gitsche	Mädchen
	glitzrig	glänzend
	Gotl	Patin
	Graffl	wertloses Zeug, Gerümpel
	Gungl	am Hinterkopf zu einem Knoten festgestecktes Haar
H	Hearische	Urlaubsgäste
	hilf mir bitte amoll, i hon so viel zu tian	Hilf mir bitte einmal, ich habe so viel zu tun
	Hoamet	Heimat
	Hotteln	Lumpen
	Hottl	Lumpen
J	Jangger	gestrickte Jacke

	Jo Hansl, wersche nit rearn	Ja Hansl, du wirst doch nicht etwa weinen
	Jo Steffl, geah lei oan trinken, sell war jo no schianer, wenn deine Frau di kommandieren tat.	Ja Steffl, geh nur einen trinken, das wäre ja noch schöner, wenn deine Frau dich herumkommandieren würde
K	Kaum hosche sie ausgelernt, geaht sie wieder	Kaum hast du sie ausgebildet, geht sie wieder
	Kenteln	Fackeln
	Kiachl	Germteig, der im heißen Fett herausgebacken wird
	klaubt	pflückt
	Kolonie	Ferienheim am Meer für Kinder
	Kopfnuss	Schlag mit der geschlossenen Faust auf den Kopf
	Kornschiefer	Kornsplitter
	krumpen	lahmen
L	Lotterer	Bettler
M	Maestra	Lehrerin
	malocchio	Fluch, der durch einen bösen Blick ausgelöst wird
	Marende	Zwischenmahlzeit
	Milchkandeln	Milchkannen
	Mir tian nit nockete Kinder anbeten!	Wir beten keine nackten Kinder an.
N	Nen	Großvater
	Nuie	Neue
O	Oberboden	Zimmerdecke
	offen watten	Das Kartenspiel „Watten" kann „offen" (Schlag und Trumpf bekannt) oder „blind" (Schlag und Trumpf unbekannt) gespielt werden
P	Pappa	Brei – steht regional bedingt auch für etwas Süßes

	Pappilan	Kekse
	Plente	Grießbrei
	Poppile	Baby
	Povero bambino	armes Kind
	Povero bambino, non ha una mamma	Armes Kind, es hat keine Mutter
R	ratschen	plaudern
	Ratscherle	Plauderei
	Rohnen	Rote Bete
S	Sarner Jangger	Gestrickte Jacke aus Schafwolle, die hauptsächlich im Sarntal gestrickt wurde
	Sarnerlen	Kleine gestrickte Jacken aus Schafwolle, die hauptsächlich im Sarntal gestrickt wurden
	Schaff	Bottich
	schieren	heizen
	Schmarrn	süße Mehlspeise
	Schöpsernes	Schaffleisch
	Schulgitsche	Schulmädchen
	schwarzplentenen Ribl	Süßspeise aus Buchweizenmehl
	Sie isch und bleib holt a General	Sie ist und bleibt eben ein General
	Sockelen	Söckchen
	Specker	Murmeln
	Spuma	kohlensäurehaltiges Getränk
	Strauben	aus Hefe- oder Brandteig hergestelltes Schmalzgebäck
	Stutzelen	Strümpfchen
T	Tata/Tate	Vater

	Tirschtlen mit Tschotte	traditionelles Schmalzgebäck aus einem Teig aus Weizen- und Roggenmehl mit Quarkfüllung
	Topfele	Töpfchen
	Tschurtschen	Tannenzapfen
V	Vespa	Motorroller
	Voldeiner	Bewohner von Aldein
W	Walscher	Vom keltischen „welsch“; ursprünglich für „keltisch“, später für „romanisch“, „französisch“, „italienisch“; veraltet für „fremdländisch“ – in Südtirol in der Bedeutung von „Italiener“
	Watsche	Ohrfeige
	Weimern	Trauben
	Wein isch nix für Kinder	Wein ist nicht gut für Kinder
	wimmen	Trauben lesen

KLUGES KÖPFCHEN
Bauernmädchen Anna
geb. 1912 in Südtirol

224 Seiten, 13 x 19 cm, Paperback
ISBN 978-88-6839-097-6

»Kluges Köpfchen« beschreibt die Kindheit und Jugend der hochbegabten Anna, eines Bergbauernmädchens aus Südtirol. Es ist ein historischer Roman, der in der Zeit des Faschismus spielt; ein Buch über »Katakombenschulen«, Armut, über Liebe und Hoffnung einer starken Südtirolerin, die schließlich ihr Schicksal meistert.